怪盗探偵山猫

月下の三猿

神永 学

角川文庫
21237

The Mysterious Thief Detective "YAMANEKO"
Manabu Kaminaga ✸

Previous night

前夜

木から落ちた猿

1

エレベーターを降りた霧島《きりしま》さくらは、ふっと息を吐いた——。

新宿《しんじゆく》東口にある、雑居ビルの六階のフロアだ。

すぐ目の前に鉄製のドアがあり、〈未来健康企画〉と書かれたプレートが貼り付けられている。

〈未来健康企画〉は、健康食品をネット販売している会社だ。健康食品とは名ばかりで、ただの水を、難病が治ると一リットルあたり数万円で売り付けたり、市販の漢方薬のラベルを付け替えただけのものを、価格の数十倍の値段で販売するという詐欺行為を行ってきた会社だ。

さくらたち捜査班は、数ヶ月にわたり内偵を進め、ようやく令状を取り、強制捜査に踏み込むことになった。

緊張と同時に、これまでの苦労が報われるという喜びもあった。

「準備はいいか？」

声をかけてきたのは、班長の関本《せきもと》だ。

さくらは、他の捜査員四人とともに頷《うなず》いて応じる。

関本は、小さく頷き返してから、ドア脇に設置されているインターホンを押したが、反応はなかった。

関本が、ドンドンとドアを叩《たた》きながら声をかけたが、それでも応答はない。

張り込みを続けていたので、中に社長と従業員がいることは、確認が取れている。不在ということはあり得ない。

警察の動きを察知して、籠城《ろうじょう》しているのかもしれないが、それが無駄だということくらいは、考えるまでもなく分かるはずだ。

関本がドアノブに手をかける。

鍵《かぎ》がかかっていないらしく、ドアノブがすんなりと回った。

「妙だな……」

関本が呟《つぶや》く。

確かに、不自然ではあるが、ここで惚《ほう》けていても始まらない。

「行きましょう」

さくらが告げると、関本が表情を引き締めて大きく頷き、ドアを開けて室内に足を踏み入れた。

さくらも、そのあとに続く。

「なっ！」

目の前に広がる光景を見て、さくらは思わず声を上げた。

室内は、デスクが整然と並ぶ、ありふれたオフィスフロアなのだが、中央に奇妙なものがぶら下がっていた。

二人の男が、猿轡《さるぐつわ》を嚙《か》まされ、ＳＭプレイなどでお馴染《なじ》みの、亀甲《きっこう》縛りにされた状態で、天井からつり下げられていたのだ。

しかも全裸だ。

「何だこれは……」

関本が、呆気《あっけ》に取られた声を上げる。

他の捜査員たちも、異様な光景に、どうしていいのか分からずにいた。

しばらく、呆然《ぼうぜん》としていたさくらだったが、つり下げられた男の尻《しり》のあたりに、何かが貼り付けてあるのを見つけた。

おそるおそる近付いて確認する。メモ紙だった。

――何か書いてある。

さくらは、そのメモ紙を剝《は》がして目を通す。


〈警察のみなさまへ――

いつもご苦労様です。みなさまのために悪党を捕まえておきました。

礼には及びません。すでに、彼らの金庫から頂いておりますので――。

山猫《やまねこ》〉

署名を見て、さくらは何が起きたのかを瞬時に理解した。と、同時に、烈火の如き怒りが沸き上がる。

「山猫ぉぉ！」

さくらより先に、関本が叫んだ。

そのことで、逆にさくらは冷静になった。

素早く室内に視線を走らせる。部屋の隅にタンスほどの大きさの金庫が置いてあるのを見つけた。

さくらは金庫に駆け寄り、その扉に手をかけた。

入り口と同様、鍵がかかっておらず、すんなりと扉が開いた。

中身は——空っぽだった。

「やられた……」

さくらは、低い天井を見上げてため息を吐いた。

山猫は、警察が張り込みをしているにもかかわらず、この事務所に侵入し、社長と従業員を縛り上げた上に、金庫の中身を根こそぎ持ち去ったのだ。

挙げ句、警察をおちょくるようなメモを残して、忽然《こつぜん》と姿を消した——。

落胆しかけたさくらの脳裏に閃《ひらめ》きがあった。

——もしかして。

さくらは、一気に駆け出した。

「霧島！　どうした？」

関本が声をかけてきたが、返事をしている余裕はなかった。

部屋を飛び出し、そのまま非常階段を一段飛ばしに駆け上がる。

自分たちは、一つしかないビルの入り口の前で張り込みをしていたのだ。ビルに出入りしている人物の人相は、他のフロアも含めて確認済みだ。

見覚えのない人物がビルに入れば、必ず気付くはずだ。にもかかわらず、山猫はビルに侵入した。

そうなると、考え得る侵入経路は一つしかない。

さくらは、一気に屋上に飛び出したが、そこに人の姿はなかった。

――勘違いだったのか？

〈みぃあぁ～げぇてぇごらぁ～ん～よぉるぅのぉ～ほぅしぃをぉ～〉

諦《あきら》めかけたさくらの耳に、歌が聞こえてきた。

音程もリズムもめちゃくちゃで、それが歌だと気付くのにずいぶんと時間がかかった。

――この調子外れの歌は、もしかして？

さくらは、歌に誘《いざな》われるように屋上の縁《へり》まで移動する。錆《さ》び付いた鉄柵《てっさく》に、ロープが結び付けられているのを見つけた。

「あっ！」

鉄柵から身を乗り出し、ビルの下に目を向けたさくらは、思わず声を上げた。

ビルの前に停車しておいた覆面車両の運転席から、身を乗り出すようにして手を振っている人の姿が見えた。

同僚ではない。それが証拠に、お祭りで見かけるような、安物のお面を被《かぶ》っている。

「山猫ぉ！」

さくらが叫ぶのを嘲笑《あざわら》うかのように、覆面車両はサイレンを鳴らしながら、猛スピードで走り去って行った。

2

黒崎《くろさき》みのりが教室に入ると、さっきまでの喧噪《けんそう》が嘘のように、静寂に包まれた。

クラスメイトの視線が、一斉にみのりに向けられる。

口を開く者はいない。それでも、目は口以上に雄弁に語る。

――ヤクザの娘が来たよ。

――怖い。

――何か、薬とか売ってるらしいよ。

――売春もやってるんだって。

彼女らが考えているのは、大方そんなところだろう。

みのりは、視線に気付かないふりをして、窓際にある自分の席に着いた。

「よく、学校に来られるよね」

聞こえよがしに口を開いたのは、クラスのリーダー格である坂崎《さかざき》うららだ。

蔑《さげす》みに満ちた視線、嘲《あざけ》りを含んだ声――。

苛立《いらだ》ちはあるが、それを口に出したりはしない。そんなことをすれば、余計に状況が悪化するだけだ。

「止めなよ」

「そうだよ。何されるか分かんないよ」

周囲の女子生徒たちが、口々に声を上げる。

「平気だよ。うちの親は、弁護士だし」

勝ち誇った口調でうららが言う。

虎の威を借るとは、まさにこのことだ。父親の職業を盾に、好き放題に振る舞えるとでも思っている。

学校という狭いコミュニティーの中で、ピラミッドの頂点に君臨しているつもりかもしれないが、それは人望の上に築かれたものではない。

父親の職業という土台が揺らげば、一気に崩壊を招くことになるだろう。何にしても、みのりには関係のないことだ。

小さくため息を吐くと、頬杖《ほおづえ》を突いて窓の外に目をやった。

教室に、喧噪が戻ってくる。

彼女たちが、みのりを蔑むのは、自分の居場所を確保したいからだ。相手は誰だっていい。誰かを敵とみなすことで、自分たちは大丈夫だという安心感の中、表面だけの共同体を築いている。

そういう意味で、元暴力団の組長だった父親をもつみのりは、まさに恰好《かっこう》のターゲットというわけだ。

正直、色々と言いたいことはある。

暴力団と一口に言っても、その種類は様々だ。全てが、治安を乱すならず者というわけではない。

暴力団は、戦後の混乱期において、市民の治安を守り、トラブルを解決する役割を担ってきた。

反社会的な立場はとっていたが、堅気には手を出さず、弱きを助け、強きを挫《くじ》く、任《にん》侠《きょう》に基づく団体だった。

みのりの父も、任侠を重んじ、薬や売春には手を出さない昔気質《むかしかたぎ》の男だった。

だが、そんなことを説明したところで、言い訳がましくなってしまうだけだ。

それに、彼女たちが抱くイメージの通り、過剰な暴力を振り翳《かざ》し、一般市民を危険に晒《さら》している連中がいるのも確かだ。

いくら足掻《あが》いても、どうにもならない。

人は分からないことに対して、恐れを抱くものだ。だから気にしないし、気にしても仕方がない。放っておけばいい。学校の中で孤立しているが、どうということはない。

——本当にそう？

ふと疑問が浮かんだ。

もし、気にしていないのなら、どうしてこうも気分が沈み込むのだろう。

実際は、平気だと思い込もうとしているだけなのかもしれない。

父を恨むことができれば、楽だったと思う。なまじ、尊敬しているばかりに、変えようのない現実の中で、ただ鬱々《うつうつ》とした感情を抱え込むことしかできない。

——なぜ、こんな学校に入れたの？

すでに他界した父に、心の内でそう言うのがせいぜいだ。

娘には、同じ道を歩んで欲しくない——という思いから、真逆の環境で学ばせたいと、名門と謳《うた》われるこの学校に入学させた気持ちは、分からないでもない。

だが、いくら装っても、流れる血が変えられるわけではない。蛙の子は蛙であるように、極道の娘は、どんなに擬態して紛れようと、極道の娘なのだ。

では、他の高校だったら良かったのか？

考えてみたが、途中で首を振った。程度の差こそあれ、どこであったとしても、結果は同じだろう。

自分に害を及ぼすかもしれない者に対して、人はどこまでも冷酷になれる。

「ねぇ。この前のMステ観た？」

うららたちは、みのりへの興味を失ったらしく、日常の会話に戻っていった。

みのりについて回っている噂のほとんどは、うららが流したものだ。

うららの父親は、人権派の弁護士として名を馳《は》せた人物で、時折ワイドショーなんかにも出演している。

それが関係しているか否かは不明だが、以前から、みのりに対する敵意を剝《む》き出しにしている。

少し前に、クラスメイトの吉木《よしき》マリが殺されるという、痛ましい事件が起きたが、それ以降、より当たりが強くなったような気がする。

マリを殺したのはみのりだという、根も葉もない噂まで立てている。

実際は、マリを殺した犯人を捕まえるのに、一役買っているのだが、そんなことを主張したところで、信じてはもらえないだろうし、そもそも言うわけにはいかない。

あの事件には、世間を賑《にぎ》わす神出鬼没の窃盗犯——山猫が絡んでいるのだ。

みのりが、初めて山猫に会ったのは、今から十年くらい前のことだ。

当時、父の組は、別の組と対立関係にあった。敵対していた組は、交渉の材料にしようと、みのりを拉致《らち》したのだ。

それを助けてくれたのが、他でもない山猫だった。

本人は、金を盗みに来たついでに、みのりを助けてくれたにすぎないようだが、それでも、みのりにとって山猫はヒーローで、憧《あこが》れの存在だった。

そんな山猫と、マリの事件のときに再会し、再び助けてもらうことになった。

――山猫は、今頃どうしているだろうか？

みのりは、ゆっくりと形を変えながら流れる白い雲を見つめながら、ぼんやりとそんなことを考えた。

3

男は、下北沢《しもきたざわ》駅の北口改札を出た――。

他の街に比べて、圧倒的に若者の数が多い。かといって、原宿《はらじゅく》などの観光スポットとも違い、どこか昭和の匂いが漂っているから不思議だ。

以前に男がこの街に足を運んだのは、もう十年も昔のことだ。

そのときも、同じ印象を抱いた。何年経っても、変わらないものがあるということだろう。

男は、小さく笑みを浮かべると、ゆっくり歩き出した。

幾つかの路地を抜け、雑居ビルの前まで来たところで、男は足を止めた。

築四十年は経っているだろうか。壁は元の色が分からないほどにくすんでいて、至る所に補修の痕《あと》があった。

まさか、こんなところを根城にしているとは思ってもみなかった。

「あの男らしい……」

男は呟くように言ったあと、階段を使って雑居ビルの二階に上がった。

そこには木製の扉があり〈ＳＴＲＡＹ　ＣＡＴ〉と店名の書かれた看板がぶら下がっていた。

暖かみのある間接照明に照らし出された店内は、五人ほどが座れるカウンター席と、四人がけのテーブル席が一つだけという狭さだった。

調度品はどれもアンティーク品ばかりだ。酒棚に並ぶ酒瓶の中には、幻と謳われた名酒が幾つも交じっている。

店の中に、客の姿はなかった。そればかりか、店員の姿も見当たらない。男は、それでもカウンターのスツールに腰かけた。

「いらっしゃい——」

気怠《けだる》げな声とともに、カウンターの奥からマスターらしき男が姿を現した。

日本人離れした彫りの深い顔立ちをしている。

白いシャツに、黒のスラックスというラフな出《い》で立ちで、いかにも無気力そうな立ち振る舞いだが、真っ直ぐ伸びた眉《まゆ》の下にある双眸《そうぼう》は、鋭い光を放っている。

「何にします？」

マスターが訊《たず》ねてきた。

「ジャックダニエルをロックで——」

男が告げると、マスターは小さく頷く。

グラスに氷を入れ、大量に並んだ酒棚から迷うことなくジャックダニエルの瓶をピックアップして、グラスに注ぐ。

「それで、変装をしたつもりですか？」

男はマスターの滑らかな手つきを見ながら、呟くように言った。

一瞬、マスターの動きが止まる。

「変装？」

「今は、その顔をしているんですね」

「何を仰《おっしゃ》っているんですか？」

マスターが困惑した表情を浮かべる。

普通の人間だったら、この反応ですっかり騙《だま》されていることだろう。しかし、男にそれは通用しない。

「そうやって自分を偽っていると、どれが本物の自分か、分からなくなりますよ」

「どなたかと勘違いしているのでは？」

マスターが苦笑いを浮かべながら、首を傾げてみせた。

「いいや。いくら隠しても、私には分かります。そうでしょ——山猫さん」

男が口にすると、マスターが小さくため息を吐きながら、カウンターにジャックダニエルの入ったグラスを置いた。

「まったく……猿が何しに来やがった」

しばらくの沈黙のあと、マスターがいかにも面倒臭そうに言った。

男のかつての通り名を知っている。やはり間違いない。今、目の前にいるこの男は——

——山猫だ。

男はグラスのジャックダニエルを口に含み、舌の上でその芳醇《ほうじゅん》な香りと味を堪能《たんのう》してから、改めて山猫に目を向けた。

「噂を聞きました」

男が言うと、山猫は自分の分のグラスを取り出し、ジャックダニエルを注ぐ。

「何の噂だ？」

「悪党から金を盗み、ついでにその悪事を暴いているらしいですね」

つい先日も、詐欺を働いていた健康食品の販売会社に忍び込み、金庫にあった三億という大金を盗み出しただけでなく、社長と従業員を亀甲縛《つる》りで吊し上げたらしい。

「ただの噂さ」

山猫は、グラスのジャックダニエルを一口呑《の》む。

「義賊のつもりですか？」

「まさか。柄じゃねぇよ。おれは、ただのコソ泥だ」

「なら、なぜ悪党から金を盗むんです？」

「後ろめたい奴から盗んだ方が、発覚する確率が低い。それに、警察への攪乱《かくらん》にもなる」

「変わってませんね」

男は、そう言って小さく笑みを浮かべた。

山猫はマッチを擦って煙草に火を点《つ》け、白い煙を吐き出してから、ずいっと身を乗り出す。

「おれも噂を聞いた」

「何の？」

「あんたの噂だ」

「どんな？」

「妙な連中とつるんでるって……」

「私にも、色々と事情があるんですよ」

男は呟くように言うと、グラスに視線を落とした。

「あんたたちは、変わっちまったようだな」

山猫の言葉を受け、今度は男が苦笑いを返す番だった。

「変わったんでしょうね」

「なぜだ？」

山猫の問いに、男は小さく首を振った。

「理由なんてどうでもいいでしょ」

「そうはいかない」

食ってかかるように山猫が言う。

その視線は、どこまでも真摯《しんし》で、純粋なものだった。

「今日、私がここに来たのは、忠告があったからです——」

男は改まった口調で言った。

「忠告？」

「あなたがどんな理念で動いているかは知りません。ですが、私には、かかわらないで下さい」

「どういう意味だ？」

「言葉の通りです。あなた、色々とお節介ですから」

「何を考えている？」

「あなたには関係のないことです。黙っていれば、私も、あなたには関与しません。言っている意味は分かりますね」

男はグラスをぎゅっと強く握りながら言った。

「もし、おれが首を突っ込んだら？」

山猫が、灰皿で煙草を揉《も》み消しながら訊ねてきた。

「そのときは——死んでもらうことになるかもしれません」

「物騒だな。昔のあんたからは、考えられない言葉だ」

山猫がニヤリと笑った。

「私は、もう変わってしまいましたから」

「残念だよ」

「話は以上です――」

男は、グラスの中のジャックダニエルを呑み干すと、一万円札をカウンターの上に置いて立ち上がった。

「待てよ。釣りを払う」

「とっておいて下さい」

「そうはいかない」

「窃盗犯のクセに、細かい人ですね」

男は笑みとともに言うと、バーをあとにした。

階段を下りて、道路に出たところで、ふと空を見上げた。

東京の濁った空の中に、青い光を放つ月だけがぽっかりと浮かんでいた――。

The first night

一日目

招かざる客

1

「站住（待て）！」

その叫び声が聞こえたのは、みのりが下北沢駅の北口の改札を抜けたときだった。

日本語ではない。おそらく中国語だろう。

声がしたのは、近くにある路地の奥からだった。

「逃不了的（逃がさない）！」

声がさらに続く。

何を言っているのかは分からないが、声に暴力的な臭いが感じ取れた。

声に気付いた人たちは、みのりの他にもいたが、言語が分からないからか、関わり合いになるのを避けているのか、みな素通りしていく。

みのりは、大きく深呼吸をしてから、路地に足を踏み入れる。

人が一人、やっと通れるほどの狭さだ。

突き当たりを右に曲がると、袋小路になっていて、そこに人影があった。

野球帽を被《かぶ》った、中学生くらいの子に、三人の男が詰め寄っていた。後ろ姿しか見えないが、背恰好《せかっこう》からして、二十代から三十代といったところだろう。

男たちは、野球帽の子の腕を引っ張り、連れていこうとしている。誘拐でも、目論《もくろ》んでいるのかもしれない。

「何をしてるんですか？」

みのりが声をかけると、三人の男たちが、一斉にこちらに顔を向けた。

その顔を見て、みのりはぎょっとなった。

男たちは、どういうわけか、全員同じお面を被っていた。一見すると、化粧を施した女性の顔のようにも見えるが、実際はそうではない。

目の周りが赤く縁取られ、鼻と口の形状が獣に近い。おそらくは猿だろう。

「跟你没关系（お前には関係ない）」

男の一人が、吐き捨てるように言った。やはり日本語ではない。

「日本語で言ってもらわないと、分からないんだけど」

みのりは、毅然《きぜん》と告げる。

「お前には関係ナイ。痛い思いをしたくなかったら消エロ！」

男は、苛立《いらだ》たしげに告げる。イントネーションは、少しズレているが、今度ははっきりとその意味を理解できた。

「痛い思いはしたくないけど、放っておくこともできないわ」

みのりが言うと、男たちは野球帽の子から手を離し、威嚇するように詰め寄ってきた。

「お前、殺すゾ」

男の一人が、早口に言う。頭に血が上っているといった感じだ。

「顔を隠さないと、何もできないようなクズに殺されるほど、落ちぶれてはいないわ」

みのりは、口にしながら、僅《わず》かに軸足を引いて半身に構える。

「いい加減にしないと、本当にぶっ殺すゾ」

威勢のいい物言いだが、みのりの父は、暴力団の組長だった男だ。この程度で怯《ひる》むような、柔《やわ》な育ち方はしていない。

「あなたにできるなら、ご自由にどうぞ」

みのりが言い終わるなり、男の一人が拳《こぶし》を振りかぶった。

予備動作が大きい、いわゆるテレフォンパンチというやつだ。残念だが、そんなトロいパンチを食らうほど愚かではない。

みのりは、素早くパンチをかわし、男の腹に膝蹴《ひざげ》りをお見舞いした。

男は、腹を押さえて跪《ひざまず》く。

息つく間もなく、もう一人の男が、回し蹴りを放ってきた。

まともに食らったら、ガードしていても弾《はじ》き飛ばされてしまうだろう。しかし、距離を詰めてしまえば、どうということはない。

みのりは、相手の懐に飛び込みながら、喉《のど》に肘《ひじ》打ちを入れた。

男は、うっと息を詰まらせ、そのまま倒れた。

次――。

視線を向けたときには、最後の一人が、何ごとかを叫びながら、みのりに突進してきていた。

避けようとしたが、反応が一歩遅れた。

腰にタックルをもらい、そのまま仰向《あおむ》けに倒されてしまった。

複数の敵を相手にするときは、広い空間で正対せず、狭い場所に誘い込みながら一対一になる状況を作り出す。それが、セオリーであったはずなのに、少しばかり相手を舐《な》めすぎていたようだ。

マウントポジションを取った男は、みのりに向かって鉄槌《てっつい》を落とそうと、腕を振り上げる。

――ヤバイ！

みのりは、咄嗟《とっさ》に両腕で顔面をガードする。

だが、鉄槌は落ちてこなかった。

――どういうこと？

視線を向けると、男は顔を押さえて呻《うめ》いていた。

何が起《き》きたか分からないが、今がチャンスだ。みのりは、足を男の首に巻き付け、三角絞めを極める。

男は、必死にもがいていたが、やがて落ちた――。

みのりは、息を吐きながら立ち上がる。

誰かが助太刀《すけだち》してくれたようだ。しかし、辺りを見回しても、それらしき人物の姿はない。

――いったい誰が？

疑問を巡らせたみのりだったが、助太刀した人物だけでなく、野球帽の子の姿も見えなくなっていた。

――どこに行ったの？

みのりは、すぐに駆け出す。

路地を出ようとしたところで、走っていく野球帽の子の後ろ姿を見つけた。

あの子を追っているのが、さっきの三人だけならいいが、もし違った場合は、あんな風に無防備に逃げるのは危険だ。

すぐにあとを追いかけようとしたみのりだったが、誰かに腕を摑《つか》まれた。

「え？」

振り返ると、いつの間にか、そこには一人の男が立っていた。

年齢は六十代くらいだろうか。みのりよりも小柄で、枝のように細い身体つきだった。薄くなった白髪を後ろに撫《な》でつけ、深い皺《しわ》の刻まれた顔で、じっとみのりを見ている。

「離してください」

手を振り払おうとしたが、ビクともしなかった。

とても、老人とは思えない腕力だ。いや、違う。力で押さえつけているというより、合気道の技のように、相手を制しているといった感じだ。

老人が、笑みを浮かべる。

氷のような冷たさの中に、狂気を孕《はら》んでいる——そんな笑みだった。

「あなたは……」

言い終わる前に、みのりの鳩尾《みぞおち》に鋭い痛みが走った。

どういうわけか息を吸い込むことができなかった。額を脂汗が流れ落ち、気付いたときには、その場に屈《かが》み込んでしまっていた。

老人が、みのりを見下ろす。

みのりは戦慄《せんりつ》した。老人が何者かは分からないが、到底太刀打ちできるような相手ではない。

このまま、自分は殺されるかもしれない——。

そう思った矢先、老人は踵《きびす》を返し、悠然と歩き出した。

無防備な背中であったが、下手に手を出せば、返り討ちにあうような気がして、追いかけることすらできなかった。

2

勝村英男《かつむらひでお》は、バー〈ＳＴＲＡＹ　ＣＡＴ〉の扉を開けた——。

下北沢の駅から、徒歩で五分。古びた雑居ビルの二階にある店舗だ。

五人ほどが座れるカウンター席と、四人がけのテーブル席が一つあるだけのこぢんまりとした店だが、間接照明に彩られた内装は、手入れが行き届いて、落ち着きのある雰囲気を醸し出している。

微《かす》かに流れるジャズの調べも心地いい。

「またお前か……」

カウンターの奥にいる男が、気怠《けだる》げに言った。

白いシャツに、黒のスラックスというラフな出《い》で立ちで、日本人離れした彫りの深い顔立ちをしている。

横柄な態度を取っているが、一応は、このバーのマスターだ。

「客に向かって、またお前か——はないんじゃない？」

「お前なんざ、客じゃねぇよ」

マスターが吐き捨てるように言った。

「そんな態度だから、繁盛しないんだよ」

勝村は、客が一人もいない店内をぐるりと見回し、聞こえよがしに言ってやった。

少しは応《こた》えるかと思ったが、マスターは退屈そうに大あくび。

「おれは、繁盛させたくて店をやってるわけじゃねぇよ」

「何の為にやってるんだ？」

「趣味に決まってるだろ」

「そんな悠長なことを言ってると、店を畳むことになるよ」

「お前、おれ様を誰だと思ってんだ？　金なんて腐るほどある」

マスターは、そう言いながらマッチを擦って煙草に火を点《つ》けた。

強がっているわけではない。言葉の通り、マスターにとってバーは本業ではない。彼にはもう一つ別の顔がある。

悪党から金を盗み、ついでにその悪事を暴く。神出鬼没の窃盗犯——山猫なのだ。

「ああ、そうでしたね」

勝村はため息を吐きながらカウンターのスツールに腰かけた。

何とも奇妙な関係だと思う。

山猫とは、ある事件をきっかけに知り合った。勝村は思いがけず麻薬密売組織に追われることになり、それを助けてくれたのが山猫だった。

それから、様々な事件を経験することになった。

警察が追い続けている希代の窃盗犯の居場所を知りつつ、それを黙っているのは、犯罪の幇助《ほうじょ》に当たる。

それでも、勝村は黙っているし、山猫もまた、勝村が警察に密告しないことを知っていて、根城を変えていない。

なぜ、こんなことになったのか、勝村自身が一番知りたいところだ。

「で、何にする？」

山猫が注文を訊《たず》ねてきた。

「いつものやつ」

「何がいつものやつ——だ。気取ってんじゃねぇよ」

文句を言いながらも、山猫はずらりと並んだ酒瓶の中から、迷わずメーカーズマークをピックアップすると、氷を落としたグラスに注ぎ、コースターとともに勝村の前に差し出した。

「ありがとう」

勝村は、グラスのメーカーズマークを一口呑《の》む。

口の中に芳醇《ほうじゅん》な甘みが広がったあと、小麦の香りが鼻を抜ける。アルコールが喉を落ちるのと同時に、身体がかっと熱くなった。

以前は、舐める程度だったウィスキーだが、最近、ようやく味が分かってきた。

「残念だが、今日は待ち人は来ないぜ」

山猫が、自分の分のグラスに、ジャックダニエルを注ぎながら言った。

一瞬ドキリとする。

山猫の言うように、勝村はこのバーである人と待ち合わせをしていた。問題は、どうしてそれを山猫が知っているか——だ。

「なぜ、待ち合わせだって分かるんだ？　ただ、呑みに来ただけかもしれないだろ」

勝村は、できるだけ平静を装いながら訊ねてみた。

「おれ様くらいになると、見ただけで何でも分かっちゃうんだよ。ちなみに、待ち合わせの相手はエロ刑事だ」

山猫が得意げにパチンと指を鳴らす。

まさに、今から会おうとしているのは、大学時代の先輩で、現職の刑事でもある霧島さくらだ。

さくらとは、大学卒業以来、疎遠になっていたが、山猫にまつわる事件で再会してから、ときどき呑みに行く間柄となった。

デートというほどたいそうなものではないが、それなりにいい雰囲気だと勝村は思っている。

とはいえ、それを素直に認めるのは、どうにも癪《しゃく》に障る。

「当てずっぽうで言っただけだろ」

「バーカ。お前と一緒にすんな。おれは、根拠に基づいて推論を述べたまでだ」

「だったら、その根拠とやらを、聞かせて欲しいね」

勝村は、もう一口メーカーズマークを呑んでから腕組みをした。

「まず第一に、お前は酒が強くない」

「だから？」

「そんな奴が、バーにただ呑みに来たと言っても、説得力に欠ける」

「酒が弱くたって、呑みたくなることはある」

「ほう。じゃあ、第二の理由だ」

「何?」

「今、何時だ?」

想定外の質問が飛んできた。

戸惑いながらも、腕時計に目をやり「八時半――」と答える。

「そう。校了二日前の雑誌記者が、八時半なんて時間に、呑気《のんき》にバーに呑みに来る暇はねぇはずだ」

「仕事が早めに終わることだってあるだろ」

「じゃあ第三の理由だ。その鞄《かばん》は何だ?」

「鞄?」

「そう。たっぷり仕事が残っていて、家に帰ってからやりますって感じの厚さだ」

山猫は、勝村が隣のスツールに置いた鞄を指差す。

指摘された通り、どっさりと原稿が詰まっていて、鞄はいつもより厚みが増していた。

「以上のことを総合すると、お前は誰かに会う為に、バーに足を運んだ。しかも、相手は仕事を強引に切り上げてでも会いたい相手――ということになる。考えられる相手はただ一人――」

山猫は得意げに人差し指を立てる。

筋の通った推論だが、どうにも素直に認めることができない。それに――。

「こじつけだろ」

「いつまで、そうやって強がっていられるかな」

山猫は、意味深長な笑みを浮かべてみせる。

反論しようとした勝村だったが、それを遮るように携帯電話が鳴った。さくらからだった。

〈ゴメン〉

電話に出るなり、さくらが言った。慌てているらしく、息が弾んでいる。

「え？」

〈事件が起きて、今日は行けなくなった〉

さくらが、早口に告げる。

「そうですか。仕方ないですね」

学生じゃあるまいし、仕事と自分を天秤《てんびん》にかけさせるような愚は犯さない。

〈この埋め合わせは、必ずするから〉

「埋め合わせとか、気にしなくていいですよ」

勝村は、笑顔で言って電話を切った。

顔を上げると、山猫が腕組みをしながら、したり顔で笑っている。本当に、頭にくる態度だ。

ここで最初に山猫が言っていたことが引っかかった。

「どうして、予定がキャンセルになるって分かったんだ?」

勝村が訊ねると、山猫は自らの右の耳をトントンと指で叩《たた》いた。よく見ると、小型のワイヤレスイヤホンが挿してあった。

「警察無線を聞いてたんだよ」

山猫の種明かしに、「ああ」と納得する。

彼は、こうやって常に警察の動きを注視している。だから、これまで数々の犯罪に手を染めながら、まんまと警察から逃げおおせているのだ。

まさに、猫のように警戒心の強い男だ。

「残念だったな」

「別に……」

「強がるなよ。泣きたかったら、泣いてもいいんだぞ」

山猫が、煙草の煙を吐き出しながら笑っている。

「フラれたわけじゃないし」

「そうか? おれは、脈なしだと思うぜ」

「どうして?」

「据え膳《ぜん》を食わねぇようなヘタレだからだよ」

「余計なお世話だよ」

勝村が小さくため息を吐いたところで、勢いよく扉が開いた。いつもは涼やかな鐘の音が、けたたましく響く。

振り返ると、そこには人が立っていた。

3

さくらは、多摩川《たまがわ》沿いにある総合病院の前でタクシーを降りた——。

受付時間を過ぎているので、正面玄関は開いていない。緊急用の通用口に足を運び、警備員に警察手帳を呈示する。

警備員に促され、記帳を済ませたさくらは、廊下を進み、地下に通じる階段を降りた。

「霧島先輩——」

廊下の先で、伸び上がるようにして手を上げている男が見えた。同じ班に所属する刑事、水島薫《みずしまかおる》だった。

童顔でなよっとした外見の通り、どこか学生気分が抜けない印象がある。

「せっかくの休みだったのに、災難でしたね」

さくらが歩み寄ると、水島がおどけた口調で言った。

自分たちは、警察官という特殊な仕事についている。緊急の事案が発生すれば、休みが無くなるのは当然のことだ。

悪気はないのかもしれないが、それを災難だと口にしてしまうようでは、まだまだ自覚が足りない。

「警察に休みは無いのよ」

さくらが言うと、水島は「うへぇ」と、奇妙な声を上げる。

因果な商売ではあるが、それが警察官というものだ。

説教の一つもしてやりたいが、到着が遅れたので、今は一刻も早く情報が欲しい。

「それで、被害者は？」

「解剖が終わったところっす」

水島は、廊下の先にある解剖室のドアを指差した。

「見たの？」

さくらが訊ねると、水島は露骨に表情を歪《ゆが》めた。

「苦手なんっすよね」

水島の返答に、思わずため息が出た。

仕事の好き嫌いを平然と口にして、よく警察官が務まるものだ。

さくらが、解剖室に入ろうとしたところで、中から一人の男が出てきた。その姿を見て、さくらは思わず身を硬くした。

よれたスーツを着て、ズボンのポケットに両手を突っ込み、猫背になりながらも、鋭い眼光を向けている。

近付くものを、片っ端から斬りつけるような、狂気的な空気を持った男――特捜班の犬井《いぬい》だ。

特捜班とは名ばかり。実情は、犬井一人だけが所属する部署だ。

左遷されたわけではない。犬井は、誰も信用せず、常に単独で行動している。捜査の為なら、暴力も厭《いと》わず、どんな圧力にも屈しない。

ついた渾名《あだな》は――狂犬だ。

そんな犬井の為だけに設けられた部署が、特別捜査班というわけだ。

なぜ、そんな横暴が許されるのか、さくらにはさっぱり分からない。もしかしたら、警察上層部に強力な後ろ盾をもっているのかもしれない。

「ウロボロス」の事件のとき、さくらは犬井とコンビを組まされることになり、散々な目に遭った。

いや、正確には、さくらは容疑者を誘《おび》き寄せるための餌に使われただけだ。

並外れた捜査能力があるのは認めるが、その手法については容認できない。口を割らない証人がいれば、暴力で屈服させる。自らが得た情報を共有するという概念はなく、自分勝手に動き回っている。

さくらと犬井の間には、決して相容《あいい》れない隔たりがある。

犬井は、さくらを一瞥《いちべつ》すると、無言のまま脇を通り過ぎて行った。

「相変わらず、怖いっすね」

水島が、大げさに震える仕草をしながら言う。

こういう態度が取れるということは、本当の意味で犬井の怖さを知らない証拠だ。とはいえ、それをここで指摘したところで何も変わらない。

さくらは、小さく息を吐き、気を取り直してから解剖室のドアを開けた。

独特の饐《す》えた臭いが鼻を突く。

うっと胃から込み上げるものがあったが、喉を鳴らしてそれを呑み込んだ。

部屋の中央には、ステンレス製の解剖台が置かれていて、その上に黒焦げになった死体が横たわっていた。

それを、スーツ姿の刑事たちが取り囲んでいる。

「霧島か――」

刑事の一人が、振り返って声をかけてきた。関本だった――。

「遅くなりました」

さくらが告げると、関本はマスクを外して歩み寄って来た。

「急に呼び出して悪かったな」

「いえ。それより、どんな状況ですか？」

「発端は三時間前――工場から火が出たと近隣の住人から通報があった。消防が直ちに消火作業を行い、被害者を運び出した」

さくらは、関本の説明に違和感を覚えた。

「殺しだと聞きましたが……」

「そうだ。死体を搬送して、詳しく調べた結果、銃創があることが判明した」

「銃創――」

さくらの声が自然と跳ねた。

日本は諸外国に比べて、拳銃《けんじゅう》の入手が困難だ。ただでさえ、犯罪に拳銃が使われるケースが少ない。

「そうだ。被害者は射殺されたようだ。しかも至近距離で四発――」

関本が指を四本立てながら言った。

「四発も……」

「詳しい鑑定はまだだが、消防の話では、放火の可能性が高いらしい」

関本が沈痛な面持ちで言った。

「なぜ、殺したあとに放火したんでしょう？」

「被害者の身許《みもと》を隠すためかもしれんな」

その可能性は大いにある。

死体が燃えてしまっていると、顔や指紋などの判別ができないばかりか、身分証明書などの所持品も焼失してしまい、身許の特定が困難になる。

「被害者の身許は、まだ判明していない――ということですか？」

さくらが訊ねると、関本は苦い顔で「そうだ」と頷《うなず》いた。

「現場は、工場ということでしたが、持ち主には連絡がついているんですか？」

状況から考えて、工場の経営者、もしくはその従業員が被害者である可能性が高いはずだ。

「それが、少しばかり厄介でな……」

「厄介?」

「ああ。工場の所有者には連絡がついた。だが、五年ほど前から経営難に陥り、閉鎖していたらしい。そのあとは、他人に貸していたって話だ」

「では、その賃借人が……」

「さっき、別班が書類を確認したんだが、書類に記載された住所も名前も、デタラメだったらしい」

「そんな……」

契約に必要な書類に虚偽記載があったということは、最初から真っ当な目的で使うつもりはなかったということだ。

もしかしたら、何かしらの組織が絡んでいるのかもしれない。

——これは、厄介な案件になりそうだ。

「死体もあの状態だからな……身許を特定するのは、相当に時間がかかりそうだ」

「そうですね」

さくらは、チラリと視線を解剖台の上の死体に向けた。

皮膚が炭化していて、一見しただけでは、人だと分からないほどだ。

「まあ、唯一の手掛かりといえば、これだな」

関本は、一枚のポラロイド写真をさくらに差し出した。

被害者の掌《てのひら》をアップで撮影した一枚だ。

そこには、図柄が描かれていた。マジックなどで描いたのではなく、入れ墨だ。三匹の猿が、お互いに手をつなぎ、円になっているという奇妙な模様だった。

「三猿ですかね……」

さくらは、ぽつりと口にする。

三猿は、三匹の猿が両手でそれぞれ、目、耳、口を塞《ふさ》いで隠している意匠だ。見ざる、聞かざる、言わざるという叡智《えいち》を表していると言われている。

日光東照宮《にっこうとうしょうぐう》の三猿の彫刻が有名だ。昔から、猿が馬を守るとされていたことから、厩《きゅう》舎《しゃ》に猿の彫刻が施されている。

「おれも、最初はそう思ったが、おれたちが知っている三猿とは違うようだ」

「そうですね」

猿が三匹ということで、三猿を連想したが、ここに描かれている猿たちは、手をつないでいるので、目も耳も口も隠せていない。

「何にしても、まずは現場を見てからだな」

「そうですね」

さくらは、関本に従って解剖室をあとにした。

4

バーの入り口に立っていたのは、中学生くらいの少年だった――。

野球帽を目深に被っていて、顔をはっきり見ることはできないが、白いシャツにジーンズという、ラフな出で立ちの小柄な人物だった。

ここまで走って来たのだろう。肩を大きく動かし、息を切らしている。

バーという空間に馴染《なじ》んでおらず、合成された写真のように浮き立って見えた。

「君は？」

勝村は、眉《まゆ》を顰《ひそ》めながら訊ねた。

ここはバーだ。少年が大慌てで駆け込んでくるような場所ではない。

少年は、帽子のつば越しに勝村を一瞥したあと、顎《あご》を引いて俯《うつむ》いてしまった。いかにも訳ありといった感じだ。

「ぼく、ここに何しに来たんだい？」

勝村は、少年と視線を合わせるようにして訊ねた。少年は、勝村の視線から逃れるように顔を背ける。

「まったく。そんなだから、お前はエロ刑事を口説き落とせねぇんだよ」

山猫が、大げさにため息を吐く。

「今、それは関係ないだろ」

「あるんだよ」

「どうして？」

「そいつは、ぼく──じゃなくて私だ」

「え？」

「聞こえなかったのか？　女の子だって言ったんだよ」

勝村は、驚きの声を上げそうになるのを、慌てて呑み込んだ。

もし、山猫の言っていることが事実だとすると、もの凄《すご》く失礼な勘違いをしていたことになる。

山猫は、吸っていた煙草を灰皿で揉《も》み消すと、カウンターの奥から出て来て、少年の被っていた帽子をさっと奪い取る。

それと同時に、帽子の中でまとめていた髪が、はらりと肩に落ちた。

ようやく顔が見えた。

こうやってしっかりと顔を見ると、確かに少年ではなく少女だった。

体格から十歳くらいだと判断していたが、もう少し年齢は上なのかもしれない。

現に、少女の切れ長の目は、どこか大人びた印象があった。

「お前は、何か用事があってここに来た──違うか？」

山猫はカウンターに寄りかかり、指先で奪った帽子をくるくる回す。

少女は、口を真っ直ぐに引き結んで俯いた。

何とも暗い表情をしていた。世の中の全てを、諦《あきら》めてしまった――そんな目をしている。

それは、かつての自分を思い起こさせるものだった。

勝村は少女と同じ歳くらいのときに、父親を亡くしている。借金を苦にしての自殺だった。

発見したのは勝村だった――。

自分に何かできたわけではない。だが、それでも、父親が死んだのは、自分の責任だと思い込んでいた。

自分さえ、存在しなければ、父親は死なずに済んだ――とさえ考えるようになってしまった。自分の存在が疎ましくて、消してしまいたくて、生きていることに疑問を抱いたことさえある。

今の少女の目は、あのときの自分によく似ている。

「何かあったの？」

勝村は、優しく語りかけるように問う。

「人を……」

少女がぽつりと言った。

清流のように澄み切った声だったが、息が続かなかったのか、途切れてしまった。

「え？」

「人を捜しています」

さっきより大きな声で少女が言った。

「ここはバーだ。パパやママを捜しているなら警察にでも行ってくれ」

山猫が、ひらひらと手を振る。

「違います。私が捜しているのは山猫という人です」

少女が放った言葉に、勝村は「え？」となった。

「山猫という人を捜しています。このバーにいると聞きました」

はっきりとした口調で少女が言った。

驚愕《きょうがく》の表情を浮かべる勝村に対して、自分の話題を出されているというのに、当の山猫は素知らぬ顔をしている。

どんな状況でも、平然としていられるからこそ、山猫はこれまで警察から逃げおおせることができたのだ。

「知っているんですね」

今度は、少女の方からずいっと勝村に歩み寄って来た。

こんな少女にも、考えを見透かされてしまうとは――勝村は己の底の浅さに苦笑いを浮かべる。

とはいえ、事情も分からないのに、素直に教えるわけにはいかない。

「君は、なぜ山猫を捜しているんだ？　そもそも、山猫が何者なのか分かっているのか？」

勝村が訊ねると、少女はぐっと顎を引いて、下唇を嚙《か》んだ。

「理由は言えません……でも、山猫さんが何者かは知っています」

少女の視線が、勝村を捉《とら》える。

今の口ぶり。もしかしたら、この少女は山猫と知り合いなのかもしれない。

「本当に知ってるのか？」

山猫が、マッチを擦って煙草に火を点けながら訊ねる。

「超一流の腕を持った窃盗犯です」

少女がキッパリと言った。

「ほう。お前みたいな女の子が、どうして窃盗犯なんかを捜しているんだ？」

山猫が目を細めながら訊ねる。

「さっきも言いました。理由は言えません」

少女が首を振る。

「だとしたら、山猫の居場所を教えることはできないな」

「そんな……」

「当然だろ。こっちは、お前の素性も、理由も知らないんだ。ほいほい情報を教えるわけにはいかねぇよ」

山猫が吐き捨てるように言うと、少女は痛みを堪《こら》えているような、苦しげな表情を浮かべた。

どんな事情があるのかは分からないが、その姿に同情してしまう。

「理由を教えてくれないか？　そうすれば、少しは力になれるかもしれない」

勝村は少女と視線を合わせ、語りかける。

少女の顔が、わずかに上がる。視線を泳がせ、迷っているようだった。

「私は、あるものを探しています……」

しばらくの沈黙のあと、少女が絞り出すように言った。

「探す？」

「はい。とても大事なものです。もし、それが彼らに渡ったら、大変なことになります」

そう言って、少女は顎を引き、睨《にら》むような視線を勝村に向けた。

「いったい何を探している？」

山猫の質問に、少女は「それは……」と口ごもる。

「言わないなら、それで構わない。こっちも、山猫の居場所を教えないだけだ。さっさと帰って、小便でもして寝ろ」

山猫が突き放すように言った。

それで覚悟が決まったのか、少女の表情が変わった。

「私が探しているのは、〈猿猴《えんこう》の月〉――です」

――〈猿猴の月〉？

聞いたことのない物だった。困惑する勝村とは対照的に、山猫の表情がみるみる険しくなり、細められた目には、鋭い光が宿る。

「お前は、〈猿猴の月〉が何かを、知っているのか？」

山猫が訊ねると、少女は大きく頷く。

「なぜ、お前のようなガキが、〈猿猴の月〉を知っている？」

山猫が重ねて訊ねる。

少女は、深呼吸をしたあと、ぎゅっと拳を握ってから口を開く。

「私は、猿の娘です――」

少女の放った一言で、山猫の顔がよりいっそう険しくなる。

煙草から、長くなった灰がポロッと落ちる。山猫にしては珍しく、相当に動揺しているらしい。

〈猿猴の月〉。それに、猿の娘――その二つのワードが山猫を狼狽《ろうばい》させていることは分かるが、何を指し示すのか、勝村には理解できなかった。

「私は、彼らより早く、〈猿猴の月〉を手に入れなければなりません。父は、山猫さんを頼れ――と。だから教えて下さい。山猫さんは、どこにいるんですか？」

少女が勝村と山猫に交互に視線を向け、焦《じ》れたように声を上げる。

その必死過ぎる形相に、うっかり口を滑らしそうになったが、慌てて呑み込んだ。

勝村は、助けを求めるように山猫に目を向ける。

「山猫なら、お前のすぐ近くにいるぜ」

そう言って、山猫は灰皿で煙草を揉み消した。

すでに、表情からは狼狽の色が消え、何かを企《たくら》んでいるような不敵な笑みを浮かべていた。

——何だか嫌な予感がする。

「すぐ近くに？」

少女が、わずかに首を傾げる。

「ああ。その男こそが、神出鬼没の大怪盗——山猫だ」

山猫は、宣言するように言うと、真っ直ぐに勝村を指差した。

——やっぱりだ。

嫌な予感は見事に的中した。

山猫は、これまでも勝村を騙《かた》って動き回ったことがある。おかげで、勝村はあらぬ疑いをかけられ、警察でこってり絞られることになった。

今回は、その逆のことをやろうとしているようだ。

否定しようとした勝村だったが、その言葉を遮ったのは山猫だった。

「マズイな……」

山猫の呟《つぶや》きとともに、勢いよく扉が開いた。

目を向けると、三人の男たちがバーに雪崩《なだ》れ込んで来た。異様な雰囲気だった。

彼らは全員、猿のお面を被っていたのだ。

何者かは分からないが、普通ではないことは確かだ。勝村は、山猫に目を向ける。

だが——そこには、もう山猫の姿はなかった。

何という逃げ足の速さだ。

「找到了（見つけた）……」

猿のお面を被った男の一人が、ずいっと歩み出ると、少女の腕を摑んだ。

少女は、腕を振り払おうともがくが、力の差は歴然だ。敵《かな》うはずもなく、ぐいっと男たちの方に引き寄せられてしまった。

——いったいどういうことだ？

勝村は混乱した。いきなり少女が飛び込んで来て、山猫を捜している——と言い出したかと思ったら、今度は猿のお面を被った男たちの乱入だ。

少女に目を向けると、彼女はただ俯いていた。

まるで、全てを諦めてしまったかのような、無気力な表情をしている。

いったい何があれば、こんな理不尽な状況を受け容れることができるのだろう。少女の抱えているものの正体は分からないが、ただ胸が苦しくなった。

——そんな顔をするなよ。

勝村は心の内で叫ぶ。

「お前は何も見なかっタ。いイな」

別の男が、勝村に顔を向けながら言った。

流暢《りゅうちょう》な日本語だが、イントネーションに癖がある。顔が見えていないので、はっきりしたことは言えないが、おそらく男たちは日本人ではない。

「そういうわけにはいかない」

勝村は、考えるより先に口に出していた。

この男たちが何者かは分からないし、どんな事情があるのかも不明だが、目の前で少女が誘拐されそうになっている。

知らぬ存ぜぬで通せるはずがない。

「何？」

少女の腕を摑んでいる男が、意外そうな口ぶりで言った。

「痛い思いヲしたいのカ？」

別の男が、凄みを利かせながら言う。

暴力をちらつかせれば、たいていは言うことを聞くと思っているのだろう。

「黙って見過ごすことはできないって言ったんだ」

勝村は、腹に力を込めて言った。

相手は三人だ。正面からやり合ったところで、勝ち目は限りなくゼロに等しい。

そもそも、運動神経が人並み以下の勝村では、相手が一人であったとしても、太刀打ちできない。

おまけに、頼みの綱であるはずの山猫は、男たちが入って来るなり、早々に退散してしまった。

それでも、放っておくことができなかった。

そう思ってしまったのは、おそらく少女が見せた目のせいだ。かつての自分と同じ、自分の存在など、どうなってもいいと考えている儚《はかな》げな目。

今ここで、自分が諦めてしまうわけにはいかない。そんな強い決意が生まれた。

「殺されたいのカ？」

猿のお面の男の一人が言った。

単なる脅しではない。その証拠に、バタフライナイフを抜き、その切っ先を勝村の眼前に突きつけた。

「もちろん、死にたくはない。でも、君たちだって警察に捕まりたくはないだろ。そんな物騒なものは、すぐにしまった方が……」

言い終わる前に、腹を蹴られた。

強烈な痛みに、勝村は思わず膝を落とした。額に脂汗が滲《にじ》む。

格闘技経験はないが、これまで何度もタコ殴りにされたことがあるから分かる。男の蹴りは、暴力に慣れた人間のものだ。

──これは本格的にヤバイ。

勝村は床に両手を突きつつも、周囲に視線を走らせる。

狭い店内に、武器になるようなものはない。せいぜい、ウィスキーのグラスくらいか。

絶望的な状況だが、そこにこそ活路がある。

勝村は、苦しんでいるふりをしながら、呼吸を整えつつ、男たちと捕まっている少女の位置を確認する。

──チャンスは一回だ。

勝村は、ゆっくりと立ち上がる。

が、ダメージで足がふらつき、カウンターにもたれかかる──演技をした。

「いやぁ、全然ダメだな」

勝村は無理して笑みを作りながら言った。

「何？」

男の声に、僅かに困惑が見えた。

「だからさ。そんな蹴りじゃ、全然効かないって言ったんだ。蚊が留まったのかと思ったよ」

「てめェ！」

男が叫びながら、再び蹴りを繰り出した。

単純なタイプで助かった。攻撃手段が分かっていれば、鈍臭い勝村でも避けることができる。

勝村は、男の繰り出した蹴りを躱《かわ》しながら、カウンターの上のグラスを摑み、男の顔面に叩き付けた。

グラスは、ウィスキーをぶちまけながら、音を立てて砕け散った。

男が両手で顔を押さえてうずくまる。

「てめェ！」

「殺すゾ！」

残った二人の男が、口々に叫びながら襲いかかってくる。

勝村は、スツールを摑むと、それを力いっぱい振り回した。

渾身《こんしん》の一撃は、男たちを薙《な》ぎ倒す。

「さあ、逃げるよ！」

勝村は、啞然《あぜん》としている少女の手を摑み、バーを飛び出した。

5

犬井は、犯行現場である工場を見上げた——。

鎮火しているが、未《いま》だに煙が立ち込めていて、焦げた臭いが充満している。

工場は、鉄筋コンクリート造りで、外観は維持されているものの、壁や柱は黒い煤《すす》に塗《まみ》れ、窓ガラスも全て割れていた。

立ち入り禁止と書かれたテープの向こうでは、揃いのブルゾンを着た鑑識が、黙々と作業をこなしている。

犬井は、自分の感情がいつもより高揚しているのを感じていた。

その理由は明白だ。

被害者の男の掌にある、入れ墨を見たからだ。

三匹の猿が、お互いに手をつなぎ、円を象《かたど》った模様——犬井は、それに見覚えがあった。

忘れたくても、忘れられるものではない。

犬井は、長年にわたってあの模様を捜し求めていた。無理だと諦めたこともあったが、まさか、今になって見つかるとは思わなかった。

今回の事件は、何があっても犬井が解決しなければならない。その決意とともに、中に入ろうとしたが、ふと足を止めた。

泥濘《ぬかる》んだ地面の上で、きらりと何かが光ったような気がしたからだ。

屈み込んで目を凝らす。

何かが落ちていた。現場から少し離れていたことと、靴で踏まれて、半分ほど土に埋まっていたことで、鑑識も気付かなかったのだろう。

手袋を嵌《は》めて、それを摘《つ》まんでみる。金属製のバッジのようなものだった。小さな紋章のようなものが刻まれている。

どこかで、見たことがあるような気がするが、思い出せない。

バッジを持って立ち上がったところで、ふと誰かの視線を感じた。

辺りを見回す。遠巻きに見ているヤジ馬たちがいた。だが、彼らではない。さらに視線を走らせる。

少し離れたところにある電柱の陰から、じっとこちらを見ている男の姿があった。

暗がりの中にあって、その男は異様な存在感を放っていた。それだけではなく、男はお面のようなものを被っていた。

猿のお面だ——。

お面を被っているので、表情が分からないにもかかわらず、その男は、犬井を挑発するように、薄《うっす》らと笑ったように見えた。

犬井が、男に近付こうとしたとき、誰かが目の前に立ちふさがった。

「あの……」

声をかけてきたのは、関本班に所属する、水島とかいう刑事だった。

「邪魔だ。どけ」

犬井は、強引に水島を押しのけようとしたが、水島が食い下がる。

「ちょっと待ってください。それ、証拠品ですよね」

水島が、犬井の持っているバッジを指差しながら言う。

どうやら、犬井が現場から証拠品を持ち去ろうとしていると考えているようだ。まさにその通りだ。

どうあっても、今回の事件は、犬井が解決しなければならない。

「邪魔だと言っている」

「いや、しかし……」

今はガキみたいな刑事と、言い合いをしているときではない。犬井は、無言のまま水島の足を払った。

水島は「わっ」と、素っ頓狂《とんきょう》な声を上げながら地面に倒れ込んだ。

犬井は、水島の身体をまたぎ、男に近付こうとしたが、すでにその姿は闇の中に消えていた。

すぐに追いかけることを考えたが、止めておいた。

そんなことをしても無駄だろう。あの男は、意図的に犬井に姿を見せに来たに違いない。そうすることで、何かのメッセージを伝えようとしている。

「何でこんなことをするんですか」

倒れていた水島が、抗議の声を上げた。

「黙れ！」

犬井が一喝すると、水島は口を噤《つぐ》んで視線を逸《そ》らした。

——情けない。

この程度の脅しに屈するような男が、なぜ刑事などをやっているのか、不思議でならない。

こんな風だから、警察が犯罪者に舐められるのだ。

力には、それを上回る力で対抗しなければならない。犯罪捜査は、綺麗《きれい》ごとでは済まされない。

犬井は、証拠品であるバッジをスーツのポケットに押し込むと、踵を返して現場である工場に向かった。

ひたひたと、水が滴る入り口を抜け、工場の中に足を踏み入れる。

まだ火災の熱が残っていた。

かなり広い空間だ。用途の分からない、大型の機械が立ち並んでいて、まるで迷路のようだ。

犬井は、水浸しの床を踏みしめながら、ゆっくりと奥へと歩みを進め、被害者が倒れていた壁際に立つ。

コンクリートの床が黒ずんでいた。指先で触れ、臭いを嗅《か》ぐ。煤に混じって、わずかに血の臭いがした。

犯人は、被害者に至近距離で四発もの銃弾を浴びせただけでなく、ご丁寧に火まで放った。

そこまでするからには、何か深い怨恨《えんこん》があるような気がする。

だが、今回の一件に、あの男がからんでいるとしたら、そんな単純な事件では収まらないだろう。

類《たぐ》い希《まれ》な頭脳を持ち、人心掌握に長《た》け、甘言、虚言を巧みに操り、神の言葉を持つとまで言われた男――。

事件を追っていれば、あの男は、必ず現れるはずだ。そう思うと、自然と頬が緩んだ。

「犬井さん」

犬井の思考を遮るように声がした。

振り返るまでもなく、誰なのか分かった。霧島さくらだ。

度胸はそれなりに据わっているが、感情に流される部分が多く、ギャンギャンとほえる小型犬のようにうるさい女だ。

「何だ？」

背中を向けたまま答える。

「何を隠しているんですか？」

さくらは、咎《とが》めるような口調で言った。

「何のことだ？」

「証拠品を拾いましたよね」

さっきの水島という刑事が、ご丁寧に密告したのだろう。

自分では何も言えないから女に頼るとは、本当に情けない男だ。

「それがどうした？」

犬井は、吐き捨てるように答えた。

「その証拠品を渡して下さい」

「なぜ？」

犬井の問いかけに、さくらは怪訝《けげん》な表情を浮かべた。

「なぜって……証拠品なんですよ。個人で所有するべきものではありません」

「言いたいことは、それだけか？」

再び歩きだそうとした犬井だったが、さくらに腕を摑まれた。

「いい加減にして下さ……」

言い終わる前に、犬井は素早く振り返ると、さくらを投げ飛ばした。

仰向けに倒れたさくらは、唖然とした顔で犬井を見ている。自分に何が起きたのか、理解できていないのだろう。

「ごちゃごちゃうるさい女だ」

犬井が毒突くと、さくらの顔が怒りで紅潮した。

並の女なら、泣き出すところかもしれないが、さくらは素早く立ち上がり、犬井に詰め寄って来た。

「捜査情報を共有するのは、当然のことです。証拠品を個人的に持ち歩くのは違法行為です」

睨み付けるさくらに、犬井は小さく舌打ちを返した。

「情報共有など無意味だ」

「どうしてそうなるんです。捜査は一人でやるものではありません。チームワークです」

「下らん！」

犬井は、ふんっと鼻を鳴らした。

馴れ合いのチームワークなど反吐《へど》が出る。

チームの全員が、同じ能力を持っているわけではない。やる気のないクズもいれば、頑張っても役に立たないボンクラもいる。

重要な手掛かりを集団で共有したところで、無能な指揮官たちのエゴを優先させたパワーゲームに呑み込まれ、単なる情報に成り下がる。

それでは、いつまで経っても犯人を捕らえることはできない。

だいたい警察官全員が、善意を以《もっ》て悪と闘っているわけではない。かつて、犬井の相棒であった牧野《まきの》のように、自らが犯罪者になることもあるのだ。

「下らなくないです！　たった一人で、何でもできると思わないで下さい！」

さくらが、鬱憤《うっぷん》をぶちまけるように叫んだ。

食らいついてくるガッツと執念は評価に値するが、それも組織の中では活《い》かされることはないだろう。

「惜しいな……」

犬井が呟くように言うと、さくらが「え？」と眉を顰める。

「そんなに欲しければ、持っていけ」

犬井は、工場の外で拾ったバッジをさくらに放り投げた。

慌ててそれを摑むさくらを尻目《しりめ》に、犬井は背中を向けて歩き出した。

さくらに屈したわけではない。必要ないと判断したからだ。

犬井はそのまま工場を出た。

途中、刑事たちから、蔑《さげす》みの視線を向けられたが、犬井は気にも留めなかった。烏合《うごう》の衆にどう思われようと、犬井には関係ない。

外に出たところで、安物のライターで煙草に火を点ける。

吐き出す煙が、闇に溶けていった。

6

勝村は、少女の手を引いて、一気に階段を駆け下りる。

ここは人通りの少ない路地だが、右に曲がって真っ直ぐ行けば交番がある。そこまで逃げれば何とかなる——ほっとしたのも一瞬のことだった。

路上に停車してあったワンボックスカーのスライドドアが開き、中からさっきの連中と同じ、猿のお面を被った男たちが飛び出して来た。

人数はバーより多い五人だ。彼らは、勝村の向かおうとしている道路を塞ぐように並び立っている。

こうなると、強行突破は難しい。

「ぐっ」

勝村は、慌てて踵を返し、逆方向に走り出した。

振り返るまでもなく、複数の男たちが追いかけてくるのが分かる。

真っ直ぐ走っているだけでは、簡単に追いつかれてしまう。ここは、土地勘を活かす方が得策だ。

「こっちだ！」

勝村は、ぐいっと少女の手を引き寄せるようにして路地に入った。

人が一人、やっと通れるほどの幅しかない。ブロック塀に肩を擦《こす》り付けながらも、必死に走る。

次の角を左に曲がり、さらに右に折れる。

男たちの足音が、さっきより遠くに聞こえる。路地に入ったことで、少しは引き離すことができたようだ。

少し進んだところで、解体作業中のビルを見つけた。

一時的に、あの中に逃げ込もう。

勝村は少女を連れて、ビルの中に駆け込んだ。そのまま奥に移動し、積み上げられた廃材の陰に身を隠した。

じっと息を殺し、耳をそばだてる。

複数の靴音が近付いてくる。あの連中に間違いない。

——頼む。このまま行ってくれ。

勝村は、ただ祈ることしかできなかった。

それが通じたのか、靴音はどんどん遠ざかっていく。どうやら、やり過ごすことができたようだ。

ふっと息を吐くと同時に、今さらのように、心臓が早鐘を打つ。我ながら、大胆な行動をとったものだ。

思わず苦笑いが漏れる。

が、いつまでもここに隠れているわけにはいかない。携帯電話で警察に連絡を入れて、一刻も早く保護してもらおう。

携帯電話を探した勝村だったが、見つからなかった。

——しまった。

さっき、さくらからの電話を受けたあと、バーカウンターの上に置きっぱなしにしたようだ。

「ごめんなさい……」

少女のか細い声が、勝村の耳に届いた。

目を向けると、彼女は縮こまるようにして座りながら、目に涙を浮かべていた。

「何で謝るんだ？」

「私のせいで、大変なことに……」

絞り出した彼女の声は、微かに震えている。

恐怖をぐっと堪えているようでもあり、哀しみを押し殺しているようでもあった。

「君は、なぜ、あの連中に追われているんだ？」

「あの人たちは、私を追ってるんじゃないんです」

「え？」

「あの人たちは、〈猿猴の月〉が欲しいんです」

さっきも、同じことを言っていた。

「〈猿猴の月〉って何だい？」

「私にも、よく分かりません」

「分からない？」

「はい。でも、父に渡されたものがあります。それが、〈猿猴の月〉の在処《ありか》を示すものだって……」

「お父さんは？」

勝村が訊ねると、少女は目を伏せた。

「死にました……」

しばらくの沈黙のあと、少女がぽつりと言った。

勝村は、その言葉にドキリとする。脳裏に、首を吊《つ》っている父の姿が、鮮明に蘇《よみがえ》り、胸の内がかき乱される。

もしかしたら、この少女は、父親が死んだのは自分のせいだと考えているのかもしれない。

「君のせいじゃない」

勝村は、そう言って少女の肩に手を置いた。

それは少女にかけた言葉というより、過去の自分に言い聞かせるような言葉だった気がする。

少女は、今にも泣き出しそうな表情を浮かべたが、そこで踏み留《とど》まった。

「そうだ。君の名前を聞いてなかった」

勝村が訊ねると、少女が身を硬くする。

「ぼくは、勝村英男。君の名を教えてくれる？」

「サツキ……」

少女が、戸惑った素振りを見せながら言った。

これだけの状況にありながら、パニックに陥ってはいない。強い少女だ。

「よし。サツキちゃん。行こう」

勝村が立ち上がると、サツキも頷いて腰を上げた。

このまま、ここでじっとしていては、捕まるのも時間の問題だ。とにかく、助けを呼ばなければならない。

勝村が、サツキの手を引いて歩きだそうとしたところで、近付いてくる複数の足音が聞こえた。

廃材の陰から、少しだけ顔を出し、様子を窺《うかが》う。

猿のお面を被った男たちが、ビルの中に入ってくるのが見えた。

――しまった！

長居し過ぎてしまったようだ。急いで逃げなくては。

「こっちだ」

勝村は、サツキの手を引いてビルの奥に駆け出した。

物音を立てないようにしたつもりだったが、うっかり足許にある角材を蹴ってしまった。

すぐに、猿のお面の男たちが気付いて追いかけてくる。

「急いで！」

勝村は、無我夢中で走った。

ビルの奥にある裏口を抜け、路地に出た。

最初の角を曲がったところで、勝村はどん底に突き落とされた。

左右はビルの壁に遮られ、正面には高い塀が聳《そび》え立っている。咄嗟に裏口から逃げた結果として、袋小路に迷い込んでしまったようだ。

「マズイな……」

ここで、男たちを迎え撃つことも考えたが、結果はやる前から見えている。

進路を塞ぐ塀の高さは、三メートルはある。自力でよじ登れるような高さではない。

——どうする？

考えている間にも、男たちの足音はどんどん迫ってくる。

「何かないか？」

必死に辺りを見回した勝村は、近くにビール瓶のケースがあるのを見つけた。これは、使えるかもしれない。

勝村は、ビール瓶のケースを塀の前に置くと、その上に乗る。

「ちょっと来て」

そう言うと、サツキは素直に従った。

「肩の上に乗って」

勝村は、塀に手を突き自分の身体を踏台にする。

サツキは意味が分からないのか、それとも勝村を気遣っているのか、困惑した表情を浮かべる。

「いいから早く！」

勝村が急《せ》かすと、ようやくサツキが動いた。勝村の身体にしがみつくようにして登り、肩の上に立った。

「届くかい？」

サツキの重さに耐えながら訊ねる。

「はい」

サツキの返事とともに、身体が軽くなった。

どうやら、塀によじ登ることに成功したらしい。

「手を摑んで下さい」

塀の上にまたがったサツキが、勝村に手を差し出す。

勝村が、その手を摑むのと、男たちが袋小路に飛び込んで来るのが、ほぼ同時だった。

ここでモタモタしたら、元も子もない。勝村は、少女の手を摑みながら、必死に塀をよじ登る。

途中、足を摑まれたが、無我夢中でそれを振り払う。

何とか塀の上によじ登ることができた。このまま、反対側に降りれば、男たちを振り切ることができる。

「行こう」

声をかけると、サツキは小さく頷き、塀を飛び降りた。

勝村も、すぐにあとに続く。

サツキと一緒に走り出そうとした、まさにそのとき、猛スピードで黒いワンボックスカーが走って来て、勝村のすぐ目の前で急停車する。

音を立ててスライドドアが開き、中から一人の男が降り立った。

黒のスリーピースのスーツを着た男だ。他の男たちと同じように、猿のお面を被っているが、その形状が少しばかり違っていた。

まるで笑っているような表情をしている。それだけではなく、額には金色の輪がついていた。

猿は猿でも、道教の神である斉天大聖《せいてんたいせい》――つまり孫悟空《そんごくう》のようだった。

――逃げなきゃ！

そう思ったのだが、これまで走ってきたことで、体力を激しく消耗していたし、塀から飛び降りたときに、足を痛めたらしく、すぐに動くことができなかった。

それを見越しているのか、孫悟空のお面の男は、ゆっくりとした歩調で、勝村とサツキの前まで歩み寄ると、ピタリと足を止めた。

孫悟空のお面の男が、勝村に向かって左手を翳《かざ》した。

掌には、入れ墨が彫られていた。

三匹の猿が、お互いに手をつなぎ、円になっている奇妙な模様だった。

「追いかけっこは、もう終わりだ――」

孫悟空のお面の男が、地響きのように低い声で言った。

——こいつ、ヤバイ！

勝村は、本能でそう感じた。

これだけの騒ぎを起こしながら、焦燥も動揺も、怒りもない。お面の向こうに、人とは思えないほどの冷酷さを感じた。

勝村は、サツキの手を摑み、最後の力を振り絞って逃げようとした。しかし、その目論見は、簡単に消え去った。

猿のお面の男たちが、次々と塀を乗り越え、勝村たちの退路を塞いでしまっていた。

「〈猿猴の月〉の在処を言うか、それとも死ぬか——好きな方を選べ」

孫悟空のお面の男は、淡々とした口調で告げると、オートマチック拳銃を取り出した。

銃口を向けて構えることもなく、ただ手に持っているだけだった。それでも、孫悟空のお面の男が持つ、異様な存在感と相まって、恐怖に身体がすくんでしまった。

「分かりました……在処を教えます」

サツキは、何かを覚悟したように、ぎゅっと唇を嚙み締める。

「いい判断だ」

孫悟空のお面の男が、小さく頷く。

「ただし、条件があります。この人は、関係ありません。この人だけは、逃がして下さい」

サツキが勝村に目を向けた。

——何て目だ。

勝村は、思わず息を呑んだ。自分が犠牲になることで、勝村を助けようとしている。未来のある少女が、そんな判断をするべきではない。

「いいだろう。約束しよう」

孫悟空のお面の男が答える。

「ちょっと待って。それはダメだ。ぼくだけ逃げるなんてできない」

勝村は、慌てて口にする。

本音を言えば、勝村も怖い。今すぐにでも逃げ出したい。だが、サツキの犠牲の上に、自分だけ逃げるというのは、どうにも寝覚めが悪い。

「山猫さん。巻き込んでしまってすみません」

そう言って、サツキはわずかに目を伏せた。

未だに、サツキは勝村のことを山猫と勘違いしているようだが、今はそんなことはどうでもいい。

「ダメだ。こんな連中の言いなりになって、ただで済むわけない」

「分かってます」

「だったら……」

「いいんです。父との約束を守るためには、こうするしかないんです」

サツキは、そう言うと勝村の身体に手を回した。

女の子の方から抱き締められるなど、初めてに等しい経験で、思わず身体が硬直する。

サツキは、いったい何を思って勝村に抱きついたのだろう。考えている間に、勝村から離れた。

「〈猿猴の月〉を見つけたら、処分して下さい――」

サツキは、勝村の耳許で囁《ささや》いた。

勝村は、〈猿猴の月〉が何かがまだ分かっていないのだから、探したくても、探しようがない。それに、処分とは、いったいどういうことなのか？

――そもそも、君は誰なんだ？

訊ねたいことがたくさんあった。それなのに、思うように言葉が出てこない。

そうこうしているうちに、サツキは踵を返して孫悟空のお面の男の許に、自らの意思で歩み寄って行く。

「ちょ、ちょっと待って」

追いかけようとした勝村だったが、すぐに猿のお面の男たちが駆け寄って来て、路上に組み伏せられてしまった。

腕を捻《ひね》り上げられ、強烈な痛みが走る。

「その男を殺しておけ」

孫悟空のお面の男の冷淡な声が響いた。

「待って下さい！　彼は助けてくれるって約束しました！」

サツキが、必死に叫びながら勝村の許に戻ろうとする。

だが、孫悟空のお面の男は、容赦なくサツキに張り手を浴びせ、車の中に引き摺《ず》り込んでしまった。

「クソッ！　放せ！」

勝村の叫びを嘲《あざけ》るように、サツキを乗せたワンボックスカーが走り去って行った。

残されたのは、サツキの微かな匂いと、これから自分は殺されるのだという現実だけだった——。

7

「本当に頭にくる！」

さくらは、沸き上がる怒りに任せてパトカーのタイヤを思いっきり蹴り上げた。

犬井の暴挙を思い起こすと、はらわたが煮えくりかえる。

そのままの勢いで、ボンネットを殴りつけてやりたかったが、止めておいた。ただ自分が痛いだけだ。

——勝村は、今頃どうしているだろう？

頭の中に、ふと勝村の顔が浮かんだ。

こんな夜は、無性に勝村と話したくなる。話したところで、さくらが一方的に愚痴をこぼすだけだし、勝村から的確な助言が得られるわけではない。

それでも、勝村の穏やかな笑みを見ているだけで、ささくれだった感情が凪《な》いでいくのが常だ。

疎遠になっていた頃は、勝村がいなくても、一人でやってこられたはずだ。

なのに、寄りかかれる人がいると、自然とそれに頼ってしまう。もしかしたら、勝村の存在が自分を弱くしているのかもしれない。

「荒れてるな」

声をかけられ、はっと我に返る。

関本だった――。

「いえ……」

子どものように、八つ当たりしていた姿を見られたと思うと、急に恥ずかしさが込み上げてきた。

「犬井とやり合ったらしいな」

目を細めながら関本が言う。

もう情報が回っているのかと一瞬驚いたが、よくよく考えれば、あれだけ派手にやったのだ、話が広まるのは必然だ。

ただ、関本は一つだけ勘違いをしている。

「やり合ったんじゃありません。私が、一方的にやられたんです」

「お前が、狂犬にちょっかいを出すからだろ」

関本の言いように、むっとなる。

「違います。犬井さんが、押収した証拠品を提出しなかったからです」

「分かってる。ちょっとからかっただけだ」

関本が苦笑いを浮かべながら、さくらの肩をポンポンと叩いた。

「金輪際、止めて下さい」

さくらは、強い口調で主張した。

正当なことを言っただけにもかかわらず、投げ飛ばされるという憂き目にあったのだ。茶化されるようなことではない。

だいたい、なぜ、あんな男が野放しになっているのか、さくらには全くもって理解できない。

これまでの実績が、犬井をアンタッチャブルな存在にしているのかもしれないが、それにしてもやり過ぎだ。

「悪かった。だが、傍《はた》から見ていると、お前と犬井が仲のいい兄妹《きょうだい》みたいに見えることがある」

「あり得ません！」

さくらは、全力で否定した。

犬井と仲がいいなどと言われるのは心外だ。あんな粗暴で、自分勝手な男、近くにいるだけで悪寒がする。

「そうは言っても、案外いいコンビになるかもしれん」

関本の言葉に血の気が引いた。

「絶対に嫌です！」

さくらは、腕組みをして車に寄りかかった。

犬井なんかとコンビを組まされたら、今度こそ身が保《も》たない。それだけではない。心も病んでしまうだろう。

「分かったよ。それで、犬井は何か言っていたか？」

関本が、改まった口調で訊ねてくる。

「いいえ。何も」

さくらは、首を左右に振った。

「奴も、まだ何か摑めたわけではないのかもしれんな……」

「いいえ。犬井さんは、何か知っています」

さくらは即答した。

根拠があるわけではない。強いて言えば、勘に過ぎない。それでも、あのときの犬井の目には、鋭い光が宿っていた。

追うべき獲物を見つけた――そんな目だった。

自分たちには分からない、何かを摑んでいることは、間違いないだろう。

「もし、そうだとして、犬井は何を隠していると思う？」

関本は、厳しい表情で訊ねてくる。

「分かりません」

「犬井が持ち去ろうとしていたバッジが、関係していると思うか？」

「何とも言えませんね」

現場付近に落ちていたのだから、事件と何かしらの関係がある可能性は高い。だが、だとしたら、犬井が簡単に手放したのが引っかかる。

さくらがそのことを主張すると、関本が何がおかしいのか笑みを零《こぼ》した。

「簡単に手放したわけじゃないだろ」

「まあ、そうですね……」

関本の言う通りだ。犬井の方から、率先して差し出したわけではない。口論の末、さくらは犬井に投げ飛ばされているのだ。

こちらに、色々調べさせた上で、情報だけ提供させるつもりかもしれない。過去にも、そういうことが何度もあった。

——本当に頭にくる。

自分は情報共有せず、好き勝手に事件を追い回し、現場を混乱させるクセに、他人には情報を要求するのだ。

「下らない……」

さくらは、意識することなく口にしていた。

「何がだ？」

関本が訊ねてくる。

「犬井さんが言っていたんです。チームワークなんて下らないって……」

さくらは、肩をすくめるようにして言った。

「あいつから見れば、そうかもしれんな」

関本は、目を細めて夜空を見た。

さっきから関本は、犬井に対して同情的な口ぶりだ。さくらと同じように、犬井のことを嫌悪していると思っていたのに――。

もしかしたら、先日の牧野の事件が、関本に心情の変化をもたらしているのだろうか？

あの事件のとき、犬井が抱える闇の一部を垣間見《かいまみ》た。

十年前――犬井の相棒であった牧野は、警察官でありながら、裏社会に通じ、様々な犯罪の手引きをしていた。

牧野は、そのことに気付き咎めた犬井に、容赦なく発砲し、重傷を負わせ、そのまま姿を消した。

警察内部でも、闇に葬られていた事件だったが、先日、逃亡していた牧野を犬井が捕らえたことで、さくらたちも、そのことを知るに至った。

信頼していた相棒に撃たれた瞬間の犬井の絶望は、計り知れないものだっただろう。事件前の犬井を知っているわけではないが、それでも、牧野の事件が、犬井の行動理念を支えているのは事実だろう。

同情すべきものだということは認める。だが——。

「だからといって、こんな暴挙は許されません」

さくらが強く主張すると、関本は「そりゃそうだ」と笑ってみせた。

「まあ、何にしても、奴はこっちに情報を流す気はないんだろうな」

関本が苦い顔でぼやく。

「そうですね」

それだけは間違いない。

誰も信用せず、常に単独行動をしている犬井の方から、情報を提供してくるとは思えない。

「まあいい。こっちはこっちで、捜査を続けるまでだ」

「はい」

さくらは、関本の言葉に大きく頷いた。

8

――何てことだ。

勝村は、遠ざかっていくテールランプを睨みながら内心で呟いた。

突如として現れた素性も分からない謎の少女――サツキ。

それを追ってきた猿のお面を被った男たち。

想定外で、理解不能な状況ではあったが、それでも勝村はサツキを助けようとした。

ところがこの様《ざま》だ――。

サツキは連れ去られてしまい、勝村自身、猿のお面を被った五人の男たちに組み伏せられている。

「放せ！」

勝村は必死に足掻《あが》いたが、動くことができなかった。

相手は五人。まさに多勢に無勢だ。勝村の場合、人数が少なかったとしても、勝ち目はない。

それでも、このまま黙っていれば、ただ殺されるだけだ。

「誰か！　助けて下さい！」

勝村は必死で叫んだ。

警察官でなくてもいい。騒ぎを聞きつけて、誰かがこの現場を目撃してさえくれれば、生き残る可能性が出てくる。

「闭嘴（黙れ）！」

猿のお面の男の一人が、勝村の髪を摑んで引き上げると、勢いをつけてアスファルトに叩き付けた。

強烈な痛みが走り、口と鼻から血が流れ出した。

まるで容赦がない。当然と言えば当然だ。孫悟空のお面の男は、勝村を殺すように指示した。丁寧に扱ってくれるはずなどない。

足搔けば足搔くほどに、痛い思いをするだけだ。とはいえ、ここで抗《あらが》わなければ人生が終わってしまう。

「誰かぁ！」

勝村は、身体を捩《よじ》りながら叫ぶ。

「吵死了（うるさい）！」

後頭部を殴られた。

痛みにもがく間もなく、鼻先に蹴りが飛んできた。脇腹を蹴られ、足を踏みつけられる。もう、もみくちゃの状態だ。

このままここで、タコ殴りにされて命を落とすのか――。

〈みぃつぅ～めぇ～るぅキャッツアァ～イィ〉

どこからともなく歌が聞こえてきた。

音程もリズムもめちゃくちゃで、それを歌と認識するまでに時間がかかったが、それでもこれは歌だ。

――もしかして？

こんな調子外れの歌を、堂々と歌い上げる人物を、勝村は一人しか知らない。

勝村は、わずかに顔を上げ、暗い路地に視線を走らせてみたが、奴の姿を見つけることはできなかった。

――勘違いか。

落胆が胸の内に広がる。殴られ過ぎて、幻聴が聞こえていただけかもしれない。

〈マァジィ～ックプレイイズゥダァンシングゥ～〉

まだ、歌は続いている。

猿のお面の男たちが、何事かと動きを止める。どうやら、聞こえているのは、勝村だけではないらしい。

――やっぱり、奴が来たんだ。

そのことを認識した瞬間、勝村の中で張り詰めていた緊張の糸が切れた。

「誰ダ？」

「出て来イ！」

猿のお面の男たちが口々に叫ぶ。

〈みぃ～どうりぃいろぉ～にぃ～ひかぁ～るぅ～〉

ピタリと歌が止んだ――。

猿のお面の男たちは、必死に歌の主を捜そうと視線を走らせている。

「どこを見ているの？」

急に声が降ってきた。

視線を向けると、さっき勝村が乗り越えた塀の上に立っている人影があった。

――どういうことだ？

勝村は困惑した。

そこにいたのは、山猫ではなかった。

名門女子高校の制服を身に纏《まと》い、長い髪をポニーテールにまとめ、ベネチアンマスクで顔を隠した少女だった。

「みのりちゃん……」

勝村が、掠《かす》れた声を上げると、少女は口許に小さく笑みを浮かべる。

間違いない。彼女は、黒崎みのりだ。

ある事件をきっかけに知り合った少女で、清祥《せいしょう》女子学園に通う女子高生だが、元暴力団組長の娘という異色の肩書きをもっている。

見かけは可愛らしいが、幼少期から格闘技を学んでいて、腕っ節はめっぽう強い。

「勝村さん。今、助けますね」

みのりが小さく頷きながら言った。

「無茶だ……」

勝村は掠れた声で答える。

みのりが幾ら強いと言っても、女子高生にしては——という注釈が付く。五人もの男を相手にするのは、無謀と言わざるを得ない。

「何ダお前は？」

猿のお面の男の一人が、凄みを利かせながら塀に歩み寄る。

「顔を隠すような輩《やから》に、答える義理はない——」

みのりが声高らかに言う。

顔を隠しているという意味では、みのりも同じなのだが、そういう矛盾を全部吹き飛ばす力のある声だった。

「コの女」

猿のお面の男たちが、みのりを塀から引きずり下ろそうとする。

みのりは、体操選手のように身体を捻りながら大きく跳躍すると、落下するのに任せて、猿のお面の男の顔面に膝を叩き込んだ。

強烈な一撃に、猿のお面の男は仰向けになったきり動かなくなった。

「てメぇ！」

「ぶっ殺ス！」

残った猿のお面の男たちは、一斉にいきり立ち、口々に物騒な言葉を吐きながら、みのりに詰め寄っていく。

——マズイ。

加勢に行こうとするが、猿のお面の男の一人が、勝村を押さえつけている。これでは、身動きが取れない。

「勝村さん。目を閉じて——」

みのりは、詰め寄る男たちを見て臆《おく》するどころか、余裕の笑みを浮かべながら言った。

「早く逃げて!」

勝村は力を振り絞って叫ぶ。

「いいから目を閉じて!」

みのりは、そう言って手に持っていた円筒形の物体を足許に転がした。

——あれは!

勝村は、みのりのやろうとしていたことを理解すると同時に、固く目を閉じた。

ボンッ——という破裂音とともに、目を閉じていても分かるほど強烈な光が広がった。

あちこちで、男たちの呻く声が聞こえる。

「邪魔!」

みのりの声とともに、勝村を押さえつけていた力がなくなった。

——何が起きた?

何度も目を瞬《しばた》かせ、ようやく周りが見えてきた。

男たちが、目を押さえて蹲《うずくま》っている。

やはり、みのりが持っていたのは、閃光手榴弾《せんこうしゅりゅうだん》だったようだ。破裂すると同時に強烈な光を放ち、相手の視界を奪う代物だ。映画などで、特殊部隊が突入の際に利用しているのを見たことがある。

なぜ、みのりが、閃光手榴弾なんて物騒なものを――。

「大丈夫ですか？」

考えをめぐらせている間に、みのりが、勝村の顔を覗《のぞ》き込むようにして訊ねてきた。

「ああ。何とか……」

勝村は、節々に走る痛みを堪えながら立ち上がる。

だが、ダメージが大きく残っていて、すぐにふらついてしまった。それを、みのりが咄嗟に支える。

女子高生に助けられることになるとは、何とも情けない限りだ。

「ありがとう。助かったよ」

勝村が口にすると、みのりが首を左右に振った。

「まだです」

「え？」

見ると、蹲っていた男たちが、立ち上がり始めていた。

閃光手榴弾の効果は、一時的なものだ。視力が回復すれば、奴らはすぐにでも襲いかかってくるだろう。

「勝村さん。じっとしていて下さい」

動揺する勝村とは対照的に、みのりは至極冷静に告げる。

「どうするつもり？」

勝村が訊ねている間に、みのりはハーネスを取り出す。次いで、自分の身体と勝村の身体を素早く固定した。

「何を考えてるんだ？」

訊ねる勝村を無視して、みのりは「準備ＯＫ」と、親指を立てた右手を高く掲げる。

それと同時に、勝村の身体は強烈な力に引っ張られて宙に浮いた。

まるで、遊園地のアトラクションのように、重力に逆らった動きだった。

「わぁぁ！」

勝村は、意味が分からずに悲鳴を上げる。

気付いたときには、ビルの屋上らしき場所に着地していた。

顔を上げると、目の前には一人の男が立っていた。煙草を咥《くわ》え、にやけた笑みを浮かべた山猫だった。

「大物が釣れたな」

山猫が、傍らにあるワイヤーを巻き上げるウィンチを叩きながら言った。

どうやら、このウィンチがハーネスとつながっていて、勝村とみのりの身体をビルの屋上まで一気に引き上げたということらしい。

「人を魚みたいに言うな！」

勝村が食ってかかると、山猫はふんっと鼻を鳴らして笑った。

「助けてやったんだ。文句を言うな」

「助けるなら、もっと早くしてくれ。だいたい、バーでは逃げたじゃないか」

「おれ様が逃げるわけねぇだろ」

「え？」

「あの場を切り抜けるための準備をしていたのに、お前が先走って余計なことをするから、ややこしいことになったんだ」

山猫に指摘され、「ああ、そうか――」と納得する。

あの場での正解は、しっかり状況観察することだった。にもかかわらず、山猫が逃げたと思い込み、勝村が暴れたせいで、事態が悪化したということのようだ。

安心して力が抜けたのか、勝村はその場に座り込んでしまった。

身体が、鉛のように重かった。頭もぼうっとする。

酷《ひど》く蹴られたせいかもしれない。

強烈な眠気に襲われ、意識が飛んでしまいそうだ。

「大丈夫ですか？」

みのりが、勝村の顔を覗き込む。

「何とか……」

そう答えるのとは裏腹に、倦怠《けんたい》感が身体全体を包み込んでいる。

――本当に散々な目に遭った。

長いため息を吐いたところで、勝村は大事なことを思い出した。

「あの娘《こ》は、どうなった？」

勝村が訊ねると、みのりが小さく首を振った。

「大変だ。早く助けに行かないと……」

立ち上がろうとしたが、身体が動かなかった。視界がぼやけ、意識が闇に呑み込まれた。

The second night

二日目

交換条件

1

勝村は、芳《かぐわ》しい香りに誘われて目を覚ました——。

見慣れた自分の部屋の天井ではなかった。寝ていたのも、ベッドではなく、革張りのソファーの上だ。

身体を動かそうとしたところで、節々に痛みが走った。それだけではなく、メガネの左のレンズが割れていて、よく見えない。

「目を覚ましたか」

聞き慣れた声が耳に届く。

目を向けると、すぐ近くに山猫が立っていた。湯気の立ち上るマグカップを二つ手にしている。

さっきの香りは珈琲《コーヒー》だったようだ。

勝村の脳裏に、昨晩の記憶が鮮明に蘇《よみがえ》る。突然、現れた少女を守るために、夜の街を逃げ回ることになった。

そして、絶体絶命のところを、みのりと山猫に助けられたのだ。

あのあと、すぐに意識を失ってしまった。

「ここは?」

勝村は、呟《つぶや》くように言いながら身体を起こし、辺りを見回す。

内装からして、シックで落ち着きのあるバーのようだが、〈STRAY　CAT〉とは、広さも趣も異なっている。

〈STRAY　CAT〉は、木目を基調とした、アンティーク調だったのに対して、このバーは、黒を基調にした今時のお洒落《しゃれ》な雰囲気だ。

十人が座れるカウンター席に、革張りのソファーをしつらえたテーブル席が二つ。こちらの方が一回り広い感じだ。

「アネックスだ」

山猫が、右手に持ったマグカップの珈琲をすすりながら答える。

「アネックス？」

「そうだ。〈STRAY　CAT〉のアネックス。つまり別館ってことさ」

まさか、山猫がもう一店舗バーを持っているとは——驚きはしたが、それも一瞬のことだった。山猫なら、何軒か店を経営していても、何ら不思議はない。

何せ、億以上の金しか狙わない大怪盗なのだ。

それより、なぜいつものバーではなく、わざわざ別館にいるのかが分からない。

「何でここに？」

勝村が訊《たず》ねると、山猫が呆《あき》れたようにため息を吐いた。

「お前のせいだよ」

「え？　ぼく？」

「お前が店で騒ぎを起こしたせいだろうが。あの場所は、連中に知られちまったんだ。ノコノコと戻れねぇだろ」

「ああ、そうか……」

山猫の言う通りだ。

猿のお面の連中が、勝村をこのまま放っておくとは思えない。そうなると、〈STRAY CAT〉の店自体にも、探りを入れるだろう。

戻れば見つかる可能性が極めて高い。

「まずは、飲んでシャキッとしろ」

そう言って、山猫は左手のマグカップを差し出した。

「ありがとう」

勝村は、マグカップを受け取り顔を近付ける。

珈琲の香りに混じって、つんっと鼻に抜ける異臭がした。山猫のことだから、特別な豆を使っているのかもしれない。

ゴクリと一口飲んだ瞬間に、堪《たま》らず吐き出した。

「マズっ……」

口に含んだことを後悔する不味《まず》さだ。しかも、舌に残った味がなかなか消えない。何度も唾《つば》を吐き出した。

そんな勝村の姿を見て、山猫が楽しそうに笑っている。

「何を飲ませたんだ？」

「珈琲だ」

「嘘だ」

「嘘じゃねぇよ。まあ、隠し味にジャックダニエルと、食塩を少々。それと、タバスコもサービスしておいた」

――不味いはずだ。

それだけのものをぶち込んだら、元の味が何だか分からなくなる。これはもう、罰ゲームの域だ。

「よく、そんなものが飲めるね」

勝村は、悠長に珈琲をすする山猫に目を向ける。

「おれのは、普通の珈琲だからな」

得意げに言って、マグカップの中身を一気に飲み干した。

勝村の分だけ、特製の激マズ珈琲を準備したということのようだ。

「こんな嫌がらせをして、楽しいか？」

「嫌がらせじゃねぇよ。スッキリ目覚めただろ」

確かにあまりの不味さに目が覚めたが、口の中の不快感が凄《すさ》まじい。これだったら、ビンタでもされた方が、まだ爽《さわ》やかに起きられた。

それにしても――。

山猫は、昨日あれだけの騒ぎに巻き込まれていながら、余裕綽々《しゃくしゃく》で勝村をからかっている。肝が据わっているのか、或《ある》いは単なる能天気なのか、さっぱり分からない。

首を振りながらため息を吐いたところで、肝心なことを思い出した。

「あの娘《こ》を助けに行かなきゃ――」

勝村が腰を上げながら言うと、逆に山猫は、落ち着いた様子で向かいのソファーに座った。

「そうやって、状況も分からず突っ走るから、昨夜《ゆうべ》みたいなことになるんだ」

そう言われると、返す言葉もない。

昨晩は、いきなり猿のお面の男たちが乱入したことで、完全に焦ってしまった。余計なことはせず、山猫の指示に従えば良かったのに、勝村が先走ったせいで、事態が悪化したと言っても過言ではない。

「だけど……」

あの状況で冷静でいられる方がどうかしている。

「だけども、へったくれもあるか。お前は、無謀というより、単なるバカだな」

「分かっているけど、このまま放ってはおけない」

勝村が主張すると、山猫はふんっと鼻を鳴らして笑った。

「どうしてだ？」

「え？」

「あの娘は、お前の知り合いか？」

「いや、そうじゃないけど……」

「知りもしないガキの為に、命を懸けるなんざ、阿呆《あほう》のやることだ」

山猫は、マグカップをテーブルに置くと、マッチを擦って煙草に火を点《つ》けた。

冷たい言い方に聞こえるが、正論でもある。

猿のお面の連中は、どう考えても堅気ではない。おまけに、そこらにいるチンピラとも違い、組織化されていた。

そんな連中が、何の理由もなく、年端もいかない少女を付け狙うはずがない。

つまり、サツキの側に追われるだけの理由があるということだ。

それでも、放っておけないと思ってしまう。元来、お節介であることは認めるが、それだけというわけではない。

サツキが見せた表情が、どうにも過去の自分に重なってしまう。だから、余計に何とかしてやりたいと思う。

そこまで考えを巡らせたところで、ふと一つの疑問が脳裏に浮かんだ。

「あの娘のことを知ってるみたいだったけど、どうなんだ？」

勝村が口にすると、山猫がすっと目を細めた。

「なぜ、そう思う？」

「あの娘は――サツキちゃんは、山猫を捜していた」

勝村は、山猫の目をじっと見返す。

そんなことをしたところで、山猫の嘘が見抜けるとは思えないが、それでも、何もしないよりはいい。

「おれを捜していただけだろ。おれが、相手を知っていることにはならねぇよ」

山猫がゆったりと煙を吐き出す。

「もちろん、それだけじゃない。彼女は、猿の娘――と言った」

「それがどうした？」

「普通に聞いたら、荒唐無稽《むけい》な言葉だ。だけど、何かを察したような反応をしていただろ。つまり、彼女のことは直接知らなくても、父親の猿は知っている――違う？」

「観察眼だけは、それなりにあるようだな」

山猫が、苦笑いを浮かべた。

「一応、記者の端くれだからね」

「図に乗るんじゃねぇよ」

「それより、彼女が――いや、彼女の父親が何者なのか、教えてくれないか？」

勝村は、ずいっと身を乗り出すようにして訊ねた。

自分の父親が猿だと言った少女が、猿のお面を被《かぶ》った連中に追われていた。これは、単なる偶然とは思えない。

そこには、何か深い事情があるような気がする。

山猫は、今回の事件の全容とまで行かずとも、その端緒を知っているはずだ。

「話してやってもいいが、少しだけ待て」

山猫は、そう言って煙草を灰皿で揉《も》み消す。

「どうして？」

「もうすぐ、じゃじゃ馬娘が来る。そのとき、一緒に説明してやるよ」

「じゃじゃ馬娘？」

「そうだ」

「誰のことを言ってるんだ？」

勝村の問いに答えるように、バーの扉が開いた。

凜《りん》とした面持ちで、バーに入ってきたのは、制服を着た少女——黒崎みのりだった。

2

犬井は、東京拘置所の面会室にいた——。

密閉された息苦しい空間だが、犬井はこの場所が嫌いではなかった。社会から断絶された静寂を、何とも心地いいと感じる。

しばらくして、刑務官に連れられて、一人の男が入室してきた。

背が高く、知的な印象のある男だが、明らかにそれと分かる義眼のせいで、異様な雰囲気を醸し出している。

牧野大師《たいし》――。

かつて警察官だった男。キャリア採用で、将来を嘱望されたエリート。そして、犬井の相棒でもあった。

牧野は、犬井とコンビを組んでいたとき、警察官でありながら、犯罪組織と結託し、様々な犯罪に手を染めていた。

十年前――犬井はそのことを見抜き、牧野を咎《とが》めた。

本人に問い質《ただ》すという選択をしたのは、まだ他人を信じようという甘さがあったからだ。その結果として、牧野は犬井を撃つという暴挙に出た。

犬井は、重傷を負いながらも牧野の右目を抉《えぐ》り取ってやった。その後、牧野は十年にわたって姿を消していた。

闇に潜った牧野は、警察の目を逃れながら、犯罪手法をレクチャーし必要な人材を斡《あっ》旋《せん》する、犯罪コーディネーターとして活動していた。

牧師などと呼ばれ、数多《あまた》の犯罪にかかわってきた牧野だったが、一ヶ月前に、ついに逮捕された。

捕らえたのは犬井だった。

犬井の姿を認めるなり、牧野は薄く笑みを浮かべてみせた。

「久しぶりだな」

犬井が言うと、牧野は小さくため息を吐きながら、向かいの椅子に座った。

刑務官が、逃走防止用のロープを外し、部屋を出て行く。本来なら立ち会うところだが、牧野に買収されているのかもしれない。

遮蔽板《しゃへい》を隔てて、牧野と向かい合う。

かつて、牧野のことを思い出す度に、撃たれた左の脇腹にある傷が疼《うず》いたものだが、今は何も感じない。

あの疼きは、犬井の中にある甘さだったのかもしれない。

牧野を逮捕し、過去と決別した今、犬井の中に疼くものは何もない——はずだった。

「それで、昔の相棒が何をしに来たんです？　思い出話ですか？」

牧野が落ち着いた口調で言う。

「塀の中にいるクセに、ずいぶんと余裕じゃねぇか」

挑発するように言ったが、牧野は顔色一つ変えなかった。

「ここは快適ですからね」

「負け惜しみか？」

「何も分かっていませんね。ここでは、何でも手に入ります」

「ほざいてろ」

「本当にそう思いますか？」

取り出した。


牧野は、勝ち誇ったように言うと、手品のような手つきで、ポケットの中から煙草を取り出した。

その程度の物を持ち込んだくらいで、偉そうな態度を取るとは、牧野も落ちたものだ。

「それがどうした？　塀の中では、どんなに足掻《あが》いたところで、その程度だろう」

「だから、何も分かっていないと言っているんです」

「何？」

「私の仕事の肝は、インフォメーション。情報です。言っている意味は分かりますか？」

牧野が、煙草を咥《くわ》えて、ずいっと顔を突き出す。

「何が言いたい？」

「つまり、私は塀の中でも、これまで通り仕事ができるんですよ」

「それこそ強がりだな」

「試してみますか？」

「試す？」

「あなたは、そこからでは、私を殴ることすらできません。ですが、私は塀の中からあなたを殺すこともできる。どちらが自由だと思いますか？」

牧野は、すっと左目を細める。

こうやって、相手の動揺を誘い、自分のペースに持ち込むのが牧野のやり口だ。悪いが、そんなものに付き合っている余裕はない。

「下らん！」

犬井は吐き捨てた。

「そうやって、自分の物差しでしか、物事を見ようとしない。そういうところは、昔から変わりませんね」

「お前は、昔から能書きばかりで、何一つ実行しなかった。もっともらしい理屈を捏《こ》ねくり回しちゃいるが、所詮《しょせん》は臆病《おくびょう》者のクズだ」

犬井の言葉が癪《しゃく》に障ったのか、牧野の表情が険しくなる。

「後悔しますよ」

牧野が唸《うな》るように言った。

「後悔なら、とっくにしている。お前を殺しておけば良かった」

その言葉に嘘はない。

一ヶ月前、牧野を追い詰めたとき、犬井は拳銃《けんじゅう》で撃ち殺そうとした。しかし、撃てなかった。躊躇《ためら》ったわけではない。他の刑事が駆けつけたせいで、トリガーを引くタイミングを逸したのだ。

「やっぱりあなたは、刑事よりこっち寄りの人間だ」

牧野が小さく笑う。

「ふざけるな。そんなことより、お前に訊《き》きたいことがある」

犬井は、牧野を睨《にら》み付けながら口にする。

牧野と雑談をするために、東京拘置所まで足を運んだわけではない。

「私に？」

犬井が「そうだ」と答えると、牧野が下品な声を上げて笑った。

「何が可笑《おか》しい？」

「だって可笑しいでしょ。あなたは、さっき私が強がっていると言った。そのクセ、こうやって情報を求めてきている」

「黙れ！」

犬井は一喝したが、牧野は笑うことを止めなかった。

「分かっています。あなたが、何を知りたがっているのか――」

牧野が、勝ち誇った表情で言う。

「何だと思う？」

「猿のことでしょ」

「どうして、そう思う？」

「昨晩、火災現場から、射殺された男の死体が発見されました。そして、その男の掌《てのひら》には、猿の入れ墨があった」

牧野は、淀《よど》みのない口調で言う。

火災現場で死体が発見されたことは、すでに報道されているが、射殺されたことや、掌にあった猿の入れ墨のことは、伏せられているはずだ。

にもかかわらず、拘置所の中にいる牧野が、そのことを知っている。豪語するだけあって、独自の情報ルートを持っているようだ。だが、今はそんなことは問題ではない。

「死んだのは、おそらく三猿の誰かだ」

犬井が告げると、牧野は嬉《うれ》しそうに笑ってみせた。

「ついに始まったようですね……」

牧野が感慨深げに言う。

この反応からして、牧野は間違いなく今回の事件に一枚嚙《か》んでいるはずだ。

「猿について、お前の知っていることを教えろ」

「あなたの言う猿とは、どの猿のことですか？」

牧野が惚《とぼ》けた口調で言う。

「何？」

「猿は三匹います。あなたが、会いたがっている猿は、どの猿ですか？」

「訊くまでもなく、分かっているだろ」

「そうでしたね。あなたの大事な肉親でしたね……」

「それ以上言ったら、殺すぞ」

犬井は吠《ほ》えた。

しかし、牧野は素知らぬ顔だ。

「遮蔽板の向こうからじゃ、私を殺すことはできません」

「殺せるさ」

口にしてみたが、所詮は強がりだ。

牧野の言うように、遮蔽板があっては、殺すどころか、殴ることすらできない。これでは、どっちが閉じ込められているのか、分かったものではない。

「とても、刑事の発言とは思えませんね。やっぱり、あなたはこちら側の人間だ」

「ご託はいい。それより、知っていることを教えろ」

「私が、教える見返りは何ですか？」

牧野が優雅に足を組む。

犬井はその態度に憤然としたが、感情を心の奥にねじ込んだ。

「見返りを要求できる立場だと思っているのか？」

「そのつもりです」

「お目出度《めでた》い野郎だ。言う気がないなら、お前などに用はない」

席を立ち、部屋から出ていこうとした犬井だったが、牧野に呼び止められた。

「せっかちですね。あなたにヒントをあげましょう」

「ヒント？」

「新宿のゴールデン街に、〈エリー〉というバーがあります。そこのマスターに、私からの紹介で、猿を捜していると伝えてみて下さい」

「それだけか？」

「それだけです」

牧野は、肩をすくめてみせる。

明らかに何かを企《たくら》んでいる。だが、そんなものは関係ない。罠《わな》を仕掛けたところで、それを蹴散《けち》らすまでのことだ。

3

みのりは、山猫の隣に腰掛け、勝村に目を向けた——。

本当に酷《ひど》い有様だ。頬は赤黒く腫《は》れ、唇も切れて血が滲《にじ》んでいる。服で隠れてはいるが、身体中痣《あざ》だらけだろう。

初めて勝村に会ったときは、知的だが気が弱く、頼りないという印象を抱いたが、それは大きな間違いだった。

勝村はその見た目に反して、無鉄砲な人物だ。

相手が誰であれ、己の力量がどうであれ、自らの信念に従って行動するタイプだ。それ故に、年上ではあるが、見ていて放っておけないところがある。

「みのりちゃん。昨夜は助かったよ。ありがとう」

勝村が、改まった口調で言って頭を下げた。

「あっ、そんな、お礼だなんて……」

「あのとき、みのりちゃんが来てくれなかったら、本当にヤバかった」

「違うんです。あれは、山猫さんが……」

みのりが目を向けると、山猫は偉そうにふんぞり返ってみせる。

「そうだ。おれ様のお陰だ」

謙虚な勝村とは正反対で、王様気質丸出しだ。

「何だよそれ」

勝村が顔をしかめながら言う。

「だから、おれ様が、じゃじゃ馬を投入して、お前を助け出したってわけだ」

まさに山猫の言う通りだ。

あのとき、みのりは山猫の指示に従ったに過ぎない。

「でも、どうしてみのりちゃんが？」

勝村が訊ねてきた。黒ぶちメガネの奥で、好奇心に満ちた目が光る。

その疑問を抱くのは当然だろう。

「実は――」

みのりは、下北沢の駅を出たところで、猿のお面を被った連中に追われていた、野球帽の少女を助けたことを話した。

その後、謎の老人が現れ、為《な》す術《すべ》もなく打ちのめされてしまった。

あまりに異様な状況だったので、放っておけず、山猫のところに相談に行ったのだ。

そのとき、ちょうど勝村が少女の手を引いて、バーのあるビルから飛び出してくるところだった。

みのりは、すぐに助けに入ろうとしたが、それを止めたのが山猫だった。

あのときは、なぜ止めるのか——と不審に思ったが、今になって考えれば当然のことだ。

相手の人数も、戦力も分からず飛び込んで行くのは、愚の骨頂だ。しっかりと状況を見極めなければ、返り討ちにあう。

現に、彼らの一人は拳銃を所持していたのだ。下手に動いたら、射殺されていたかもしれない。

少女は連れ去られてしまったが、あの場では山猫の判断は正しかった。

みのりが話し終えると、勝村が「そういうことだったのか」と大きく頷《うなず》いた。

「状況は分かった。問題は、これからどうするか——だね」

勝村が、改まった口調で言う。

その口ぶりからして、このまま引き下がるつもりはないようだ。

「おれの知ったことか——」

投げやりに言ったのは、山猫だった。ソファーに深くもたれると、マッチを擦って煙草に火を点ける。

全身から脱力感が漂っている。

「本気で言ってんの？」

勝村が食ってかかると、山猫がふんっと鼻を鳴らして笑った。

「がっつくんじゃねぇよ。これだから、童貞野郎はダメなんだよ」

「何だよそれ。ってか、いつから童貞設定になったんだよ」

「ずっとだよ」

「は？」

「経験のない奴を童貞って言うんだ。急に童貞になったら、変だろうが」

山猫と勝村の言葉の応酬は、漫才みたいで面白いが、今は悠長に構えているときではない。

「あの、山猫さんは、本当に放っておくつもりですか？」

みのりが口を挟むと、山猫がニヤリと笑った。

「まあ、本当なら放っておくところだが、少しばかり気になることがある」

「何です？」

「あのガキは、自分のことを猿の娘だと言ってやがった」

「猿？」

みのりは、首を傾げた。

「そうだ。猿の娘ってのは、いったいどういう意味なんだ？」

勝村も口を挟む。

山猫は、もったいつけるように、煙草の煙を吐き出し、たっぷり間を置いてから口を開いた。

「その昔、世間を賑《にぎ》わせた窃盗団がいた――」

「窃盗団？」

上ずった声を上げたのは、勝村だった。

「そうだ。歴史的に価値のある品や、美術品を専門にしていた窃盗団だ。奴らの手口は巧妙でな――」

「どんな手口なんですか？」

「まず、盗む品の精巧な模造品――つまり贋作《がんさく》を造る。その上で、本物と贋作をすり替えちまうのさ」

「凄《すご》い」

勝村が感嘆の声を上げる。

「侵入するときも、一切痕跡《こんせき》を残さなかったし、誰一人として傷つけることがなかった。まさに完璧《かんぺき》だった」

「もしかして、まだ盗まれたことに気付いていないところもあったりして……」

勝村が言うと、山猫がにいっと笑った。

「その通り。未《いま》だに贋作を展示している美術館や博物館もあるだろうな。だから、警察も連中の存在を認識していなかった。発覚しても、関連性を見つけることができなかった」

みのりは、思わず口をあんぐりと開けた。

一切の証拠を残さずに、侵入することの難しさを、一ヶ月前の事件でみのりは痛感している。

犯罪組織から、その証拠を盗もうとして、見つかった苦い過去があるからだ。

「だが、裏の世界では、連中の名は畏怖《いふ》とともに語り継がれていた」

山猫が、煙草を灰皿で揉み消す。

「それが猿？」

勝村が訊ねると、山猫が首を左右に振った。

「正確には三猿だ」

「三猿？」

「そう。世の中にあるもの全てをコピーできるとまでいわれた贋作師の〈見猿〉。天才的な頭脳を持ち、企画立案を担っていた〈言わ猿〉。見てくれに問題はあるが、才能を持った若きハッカーであり、情報屋の〈聞か猿〉の三人で構成された窃盗団。それが三猿ってわけだ」

「凄いですね」

　みのりが口にすると、山猫が苦笑いを浮かべた。

「ああ。三猿の中でも特に、言わ猿の存在は特別だった」

「特別？」

「そう。甘言、虚言を織り交ぜ、自分は手を下さずに他人を操り、目的を達成してしまう。厄介な男だよ」

　天才を自称する山猫をして、そこまで言わしめるとは、相当な人物だったのだろう。

「その連中は、今も活動を？」

　勝村の問いに、山猫は苦い表情を浮かべた。

「十年ほど前に解散した」

「なぜ？」

「連中は、盗んだ物を、海外のマフィアに売って金にしていた。ところが、そこで問題が発生した」

「どんな？」

「詳しいことは知らんが、連中はマフィアに付け狙われることになった。内部での裏切りもあったって話だ。その結果は、まあ悲惨なものだったな」

　山猫の声に、暗い影が差した。

「悲惨って、どうなったんですか？」

　みのりが訊ねると、山猫は小さくため息を吐いた。

るつもりだ」

「ああ。マフィアに消されたって噂もあるし、仲間うちで殺し合ったとも言われている」

「死んだ？」

「全員、死んだって話だ」

「そんなことが……」

あの少女は、三猿の中の誰かの忘れ形見ということになる。問題は、なぜ、今頃になって猿の娘を名乗って、現れたのか——だ。

「まあ、何にしても、全ては噂でしかないがな……」

山猫はすっと目を細めた。

「もしかして、山猫さんは、三猿はまだ生きていると考えているんですか？」

みのりが訊ねると、山猫は天井に目をやった。

「その可能性は高いな」

「何か根拠がありそうだね」

次に訊ねたのは勝村だった。

「冷静に考えてみろ。あの連中——猿のお面を被っていただろ」

「うん」

「あれが、ただの偶然だと思うか？」

「いや」

「それに、連中のボスの掌にあった入れ墨を見ただろ」

山猫の言葉に、勝村が大きく頷いた。みのりも、遠目ではあったが、確認している。三匹の猿が手をつなぎ、円になった模様だ。

「もしかして、あの入れ墨は、三猿のシンボルみたいなものなの？」

勝村が訊ねると、山猫は「正解」と言いながら、パチンと指を鳴らした。

「ということは、あの男は、三猿のうちの誰か——ってことですか？」

みのりの問いに、山猫は小さく頷いた。

「断定するのは早いが、可能性としては、否定できない」

「そうだね」

「あのガキの言葉が嘘か真実かは分からんが、猿の娘を名乗るガキが、山猫を捜していた——どうにも、金の臭いがするじゃねぇか」

そう言って山猫は、くんくんと鼻をひくつかせた。

回りくどい言い方をしているが、山猫としても、少女のことを放っておけないのだろう。

「そうと決まれば、早く、あの娘を助けに行かないと」

勢い込んで言う勝村を山猫が制した。

「だから、慌てんなって。助けるにしても、どこにいるか分かんねぇだろ」

「発信機とかは？」

「付けてねぇよ。どっかの誰かさんの救出で、忙しかったからな」

「何だよ。じゃあ、どうするんだよ」

「おれを誰だと思ってんだ？」

「天才窃盗犯様――」

「分かってんじゃねぇか。その天才が、何の策もなく、惚《ほう》けているとでも思ってんのか？」

「自惚《うぬぼ》れ屋さんだね」

「女は、自惚れてる男に惚れるんだよ。だから、おれの周りには、女が寄ってくるのさ」

今は、山猫の自慢話に付き合っている暇はない。

「それで、どんな策があるんですか？」

みのりが訊ねると、山猫は意味深長な笑みを浮かべたあと、たっぷりと間を置いてから、一台のスマートフォンを取り出した。

「それは？」

山猫はスマートフォンをテーブルの上に置いた。

「こいつは、連中の一人から、巻き上げたものだ」

「いつの間に――？」

みのりは、驚きの声を上げた。

あの状況下で、スマートフォンを盗んでいる余裕など無かったように思う。

「企業秘密だ」

山猫がウィンクをしてみせる。

さすが山猫――といったところだ。

「そのスマホで、あの連中に連絡を取るってこと？」

勝村が口を挟む。

「勝村にしては上出来だ。まあ、すでに連絡は入れてあるんだがな」

山猫は得意げに鼻の穴を膨らませる。

「どんな連絡をしたんですか？」

みのりは訊ねた。

お面で顔を隠すような連中だ。電話帳に本名での登録があるとは考え難《にく》い。仮に、あったとしても、誰に連絡をすればいいのか分からない。

「簡単だ。直近の着信履歴の番号に、ショートメッセージを送っておいたのさ」

「なるほど」

連中は手分けして、あの少女を追っていた。スマートフォンで連絡を取り合っていただろう。つまり、直近の電話番号は、リーダーでなくても、仲間うちの誰かの番号である可能性が極めて高い。

「どんなメッセージを送ったんだ？」

勝村が訊ねると、山猫はマッチを擦って新しい煙草に火を点けた。

「〈猿猴《えんこう》の月〉は、山猫が預かっている。連絡を乞《こ》う――」

山猫が言い終わるのを待っていたかのようなタイミングで、スマートフォンが鳴った――。

4

「例のバッジの出所が分かった――」

翌日、集まった捜査員たちに、関本が告げた。

「どこですか?」

さくらは、勢い込んで訊ねた。

関本が、小さく頷いてから説明を始める。

「道仙教協会《どうせんきょう》という、新興宗教団体の信者が、これと同じバッジを着けているそうだ」

「道仙教協会?」

耳慣れない言葉に、さくらは首を傾げる。

それは、他の捜査員たちも同じだった。そんな中、水島が「ああ」と納得した声を上げた。

「道仙教ってことは、道教系っすね」

水島が、さも当然といった口調で言う。

「よく知ってたわね」

さくらが言うと、水島が得意げに鼻をこする。

「別に普通っす——って、携帯ゲームに出てくるんっすよ。パズルを解いて、敵を倒すやつ」

「ああ」

詳しくは知らないが、最近、その手のゲームが流行《はや》っていることは知っている。見直しかけたのに、まさかゲームが情報源とは興ざめだ。

「道教系のモンスターって結構強いんで、課金してガチャ回しちゃうんっすよね」

みな呆れているというのに、水島は調子に乗って説明を続ける。それを、関本が咳払《せきばら》いで制した。

関本も、甘くなったものだと思う。

以前の彼なら、水島などは間違いなく蹴り倒されているところだ。

さくらが出会った頃の関本は、犬井と同じ一匹狼で、所轄に乗り込んで捜査を引っ掻き回していた。

自分の信念に従い、捜査の為になりふり構わず突き進む。そういう男だった。

それが、班長という立場になったことでなりを潜めた。まあ、当然といえば当然だ。長になるとは、そういうことなのだ。

もしかしたら、関本が犬井に同情的なのは、かつての自分と重ねているからなのかもしれない。

「道仙教協会は、道教系の新興宗教団体だ。設立から四十年ほど経っている。信者の数は、三百人程度。狛江《こまえ》市に拠点を構えている」

「犯行現場の近くですね」

捜査員の一人が、興奮気味に声を上げた。

確かに、位置的にはかなり近い。徒歩で移動できる範囲だ。

関本は大きく頷いてから説明を続ける。

「公安に確認を取ったが、件《くだん》の協会は、これまで大きな問題を起こしたことはなく、監視対象にもなっていないらしい」

「ということは、事件とは無関係ってことですか？」

別の捜査員が口を開く。

「これまで問題を起こしていないから、今回の件も無関係だと決めつけるのは、あまりに楽観的だ。それに、団体として関与していなくても、信者の誰かが個人的にトラブルを抱えていた可能性もある」

関本が、鋭い口調で言う。

確かにそれはそうなのだが、さくらは微妙な違和感を覚えた。

「捜査本部は、件の協会を徹底的にマークするという結論に至った。うちの班は、協会周辺の聞き込みに当たる」

関本が、そう締め括《くく》り、捜査員たちは一斉に部屋を出て行った。

さくらもあとに続こうとしたが、関本に呼び止められた。

「何でしょう？」

「納得いかないという顔をしているな」

——当たりだ。

「少し、引っかかりませんか？」

「何が——だ？」

「性急過ぎる気がするんです」

それが、さくらの抱いていた違和感だった。

被害者の身許《みもと》も分かっていない上に、犯行動機も不明という状況であるにもかかわらず、捜査本部はバッジだけで捜査対象を〈道仙教協会〉に絞ってしまった。

あまりに解決を急ぎ過ぎているように思える。

さくらが、そのことを説明すると、関本が大きく頷いた。

「おれも、同じことが気にかかっていた。例のバッジは、確かに現場付近に落ちていたが、あまりに軽率過ぎる気がしている」

関本が、眉間《みけん》に深い皺《しわ》を刻んだ。

この反応からして、どうやら関本は、本心では納得できていないが、立場上やむを得ず、上層部の指示に従ったということのようだ。

「そうですね」

「それともう一つ。犬井の行動が気にかかる」

「なぜ、すんなりバッジを渡したのか——ですね」

それは、頷きながら口にした。

改めて考えてみると、犬井があのバッジを渡したのは、価値のないものだと判断したからであるような気がする。

「お前が言っていたように、奴は今回の事件について、何かを知っている」

関本が低い声で言った。

単なる推測を通り越して、何かしらの根拠を持っているような気がした。

「何か気になることが？」

「色々と探ってみたんだが、犬井は今朝早く、東京拘置所に足を運んでいるらしい」

「東京拘置所ですか？」

「そうだ。牧野大師と面会していたようだ」

「牧野大師——」

さくらは、驚きとともに口にした。

牧野は、一ヶ月前に起きた事件で逮捕された男だ。牧師という異名で、犯罪コーディネーターとして活動し、様々な事件に関与してきた。

かつては警察官で、犬井の相棒だった男でもある。

問題は、なぜこのタイミングで、犬井が牧野に会いに行ったのか——だ。

「牧野と今回の事件は、何かしらのつながりを持っている。犬井は、それを知っていたからこそ、牧野に会いに行った——」

「その可能性は高いですね」

そうでなければ、わざわざ犬井が牧野に会いに行くはずがない。

やはり、犬井は自分たちが知らない何かを知っている。そう考えるのが自然なことのように思えた。

「そこで、お前に頼みがある——」

関本が上目遣いでさくらを見る。

何だか、とてつもなく嫌な予感がした。率直にそう告げると、関本は「勘がいいな」と笑みを浮かべてみせた。

「私に、何をしろと?」

だいたいの予想が付きながらも、さくらは敢《あ》えて訊ねた。

「犬井が何を知っているのか、探りを入れて欲しい」

——やっぱりだ。

関本の言葉に、目眩《めまい》を覚えた。

あの身勝手な男と、また行動を共にするなど、考えただけでぞっとする。今度は、投げ飛ばされる程度では済まないかもしれない。

それに――。

「犬井さんが、簡単に喋《しゃべ》るとは思えませんけど……」

「だから、お前に頼んでいるんだ」

「また、からかっているんですか？」

「そうじゃない。頼っているんだ。お前なら、犬井から何か引き出せるかもしれん」

おだてられたところで、全然いい気はしない。

だが、その一方で、犬井が何か摑《つか》んでいるのであれば、事件を早期解決するためにも、何が起きているのかを知りたいという願望もある。

「分かりました」

さくらが、不承不承頷くと、関本が「すまんな」と呟いた。

5

スマートフォンの着信音が鳴り響く――。

勝村は喉《のど》を鳴らして唾を呑《の》み込む。みのりも、緊張した面持ちで、じっと山猫に目を向けている。

山猫は、ニヤリと不敵な笑みを浮かべると、スマートフォンの通話ボタンを押した。

〈メッセージを見た〉

　スピーカーモードになっているので、テーブルに置かれたスマートフォンから、相手の声が聞こえてくる。

　低く、重厚感のある声だった。

　聞き覚えがある。おそらく、孫悟空のお面を被った男の声だ。

「そりゃ良かった。スマホの使い方を知らないいんじゃないかと思って、心配してたんだ」

　山猫が、緊張感の無い声で言う。

〈お喋りな男だな〉

「知らなかったか？　ハードボイルドの時代は終わったんだよ」

〈初耳だよ〉

「少しは勉強しろ」

〈ああ。心がけよう。それで、噂の大怪盗、山猫が何の用だ？〉

「お前は、おれのことを知っているようだな。おれにも、お前のことを教えてくれよ」

〈君は、相手が誰かも知らずに、喧嘩《けんか》を売ったのか？〉

「相手を選んで喧嘩するほど、落ちぶれちゃいないんでね。それに、喧嘩を売ったつもりはない。これは、ビジネスの話だ」

　山猫が早口に言うと、スマートフォンの向こうから、ふっと笑い声が聞こえた。

〈それは失礼した。私は——猿と言えば分かるかな？〉

「三猿のメンバーか？」

山猫が訊ねる。

〈そうだ〉

「全員、死んだって噂だったがな……」

〈裏の世界の住人が、噂を軽々しく信じるものではない〉

「それもそうだな。で、お前はどの猿だ？」

山猫が問う。

〈今、それを答える必要はあるか？〉

「ない。どの猿だろうと、ビジネスには関係ない」

〈では、早速、ビジネスの話をしようじゃないか〉

「ああ。こっちの要求は単純明快。お前が預かってるガキを、無傷で返すこと」

〈見返りは？〉

「もちろん、〈猿猴の月〉だ——」

山猫は得意げだが、勝村は違和感を覚えた。

〈猿猴の月〉が、果たして何なのか分からないが、少なくとも、その取引材料をこちらは持っていない。

かといって、サツキが持っているわけでもない。彼女は、山猫に「〈猿猴の月〉を探して欲しい」と言っていた。

――そんな状態で、果たして取引が成立するのか？

〈いいだろう〉

相手があっさり応じた。

「取引成立だな」

山猫がパチンと指を鳴らす。

〈確認しないのか？〉

「何を――だ？」

〈あのガキが、まだ生きているか〉

「もう殺しちまったのか？」

山猫が、灰皿で煙草を消しながら訊ねる。

そこには、緊張感の欠片《かけら》もない。まるで、サツキが生きていることを、知っているかのような態度だ。

〈いや。生きている〉

「だったら、そのまま大切にしておくんだな。もし、そのガキに何かあれば、〈猿猴の月〉は永遠に手に入らない」

〈どういうことだ？〉

「おれたちが持っているのは、〈猿猴の月〉そのものじゃない」

〈分かっている。それは、鍵《かぎ》なんだろ〉

「そういうこと」

〈それと、ガキを生かしておくことと、どういう関係がある？〉

「生体認証って知ってるか？」

〈ああ〉

山猫と絡んだせいで、勝村も生体認証についてはある程度知識がある。指紋や網膜、声紋、静脈といった、個人の身体的な特徴を、個人認証の技術として利用したものだ。

人の身体であるため、複製が難しく、高いセキュリティーを誇る。

「お前が預かっているガキの生体認証が無ければ、〈猿猴の月〉の中身は手に入らない。傷一つ付けても、認証不可能になるから、くれぐれも取り扱いには注意しろよ」

山猫が早口に言う。

〈だが、だとしたら、こちらとしてはガキを渡すわけにはいかない〉

「取引の現場でロックを解除すれば、それで済む話だろ」

〈なるほど。いいだろう〉

「取引の詳細は、追って連絡する」

〈お前たちが逃げないという保証は？〉

「おれを、誰だと思ってんだ？」

〈自意識の強いコソ泥だろ〉

「正解！」

〈だとしたら、信じるに値しないだろ〉

「まあ、そういう見方もできるな。だが、お前は信じるさ。欲しいんだろ。〈猿猴の月〉が――」

〈面白い男だ。まあ、逃げても無駄だ。今の私には強力な後ろ盾がある〉

「自分たちを狙っていた、中国マフィアと手を組んだってわけか？」

〈当たらずといえども、遠からずといったところだ〉

「その代償として、仲間の猿たちを売ったのか？」

〈どうであろうと、猫には関係のないことだ〉

「そうだったな」

〈では、連絡を待つ――〉

孫悟空のお面の男が言うのと同時に、電話がプツリと切れた。

それと同時に、勝村はぷはっと息を吐き出した。緊張からか、手が汗でびっしょりと濡《ぬ》れていた。

当の山猫は、平然としているばかりか、音程の狂った口笛を吹く余裕すら見せている。

「本当に大丈夫なんですか？」

口を開いたのは、みのりだった。

山猫は、相変わらず惚けた口調だ。

「そうだよ。〈猿猴の月〉の鍵って、いったい何処にあるんだ？　それに、こんな取引して、彼女が、サツキちゃんが戻って来るとは思えない。そもそも、〈猿猴の月〉って何なのさ！」

勝村は、勢い込んで頭に浮かんだ疑問を一気にぶつけた。

「うるせぇな。ギャンギャン騒ぐな」

山猫は耳に指を突っ込んで、うるさいとアピールする。

よくもまあ、こんなにも平然としていられる。

「騒ぎたくもなるよ」

「騒いでたら、説明ができねぇだろうが」

山猫に言われて、もっともだと納得する。確かに、ここでああだこうだ言っていても、何も始まらない。

「それで、何がどうなってるんだ？」

勝村は深呼吸して、気持ちを切り替えてから訊ねた。

山猫は、マッチを擦って煙草に火を点けると、優雅に足を組んでから話を始めた。

「三猿の話は、さっきしたな」

「何が？」

「ああ」

「さっきの野郎は、三猿の中の一人だって名乗っていた」

「つまり、その男が、他の猿たちを殺して、自分も死んだことにした」

話の流れを聞きながら、勝村はそう推測した。

勝村が言うと、山猫は苦い顔で首を左右に振った。

「そう単純にはいかない」

「どうして？」

「昨夜、工場で火災があったのは知ってるな」

「死体が発見されたってやつだよね」

さくらが来られなくなったのは、その事件が関係しているのかもしれない。

「そう。あの事件で発見された男の掌には、三匹の猿がお互いに手をつなぎ、円を作っている模様の入れ墨があった」

そう言って、山猫は一枚の写真をテーブルの上に置いた。

勝村とみのりが、同時に覗《のぞ》き込む。写真は、掌を撮影したものだった。山猫が今言った、猿の模様が確認できる。

孫悟空のお面の男の掌にも、これと同じ模様があった。

「これって、もしかして……」

声を上げたのは、みのりだった。

「前にも言ったが、この模様は、三猿のメンバーが、仲間の証《あかし》として彫り込んだもの

「そうだとすると、工場で発見された男も、三猿のメンバーってこと?」

「まあ、そうなるな」

「つまり、十年前に死んだとされる三猿のうち、二人までが生きていたってことか……」

「そういうこと。まあ、死んだってことになっていたが、死体が確認されたわけじゃねぇ。そういう噂が流れただけだ。この十年、奴らが現れていないってのも、噂に真実味を持たせる結果になっている」

「本当は、生きていた——」

「この業界じゃ、よくあることさ。特に、連中は中国マフィアに狙われていたんだ。死んだことにでもしない限り、延々と追い回されることになる。何にしても、こうなると、もう一匹の猿も、生きている可能性が高いな」

山猫の言う通りだ。残る一人も、生きているかもしれない。それに——。

「サツキちゃんを拉致《らち》したのは、いったいどの猿なんだ? それに、彼女も猿の娘って言ってただろ。いったい、どの猿の娘なんだ?」

「猿、猿ってうるせぇな。おれは、昔から猿が嫌いなんだよ」

山猫が欠伸《あくび》をしながら言う。

「だけど……」

「この際、どの猿かなんて、どうでもいいじゃねぇか。それより、〈猿猴の月〉だ――」

山猫は言いながら、煙草を灰皿で揉み消した。

どうでもいいことではない気がするが、〈猿猴の月〉なる物が何なのか、引っかかっているのも事実だ。

「それって、いったい何なんだ？」

「猿猴が月を取るって話を知ってるか？」

初めて聞く。みのりに目を向けると、彼女も知らないらしく、形のいい眉《まゆ》を歪《ゆが》めている。

「知らない」

「故事だよ。猿が井戸に浮かぶ月を自分の物にしようと、必死に手を伸ばした」

「無理だよね」

井戸の中に浮かんだ月は、水面《みなも》に反射したもので、実体はない。どんなに手を伸ばしたところで、取れるはずがない。

「そうだ。その猿は、井戸に落ちて溺《おぼ》れ死んだ。この話の教訓は、身分不相応なものを手に入れようとすると、自滅するってことだ」

山猫が、両手を広げておどけてみせた。

何とも不吉な内容だ。勝村がそのことを口にすると、山猫がふっと笑みを浮かべた。

「まあ、そうだな」

「で、具体的に〈猿猴の月〉って何なのさ」

「それが分かれば苦労はしない」

「知らないの？」

「ああ」

「頼りないな」

「おれだって、知らないことの一つや二つはあるさ。まあ、具体的に何かは分からんが、人を殺してでも手に入れたい代物ってことだけは確かだ」

「つまり、工場で発見された死体と、〈猿猴の月〉は関係しているってこと？」

「タイミング的に考えて、そういうことになるだろうな」

山猫の言い分はもっともだ。

状況から考えて、まったく無関係ということはあり得ないだろう。だが、問題は、二つの出来事が、どうつながるか——だ。

考えるべきことは、それだけじゃない。

「〈猿猴の月〉の中身を手に入れるには、あの娘の生体認証が必要だって言ってたけど……」

「あれは嘘だ」

山猫が、あっさり言う。

「嘘って……」

「そうでも言わないと、あの娘は始末されちまうぜ」

確かにその通りなのだが、どうにも釈然としない。それに——。

「さっき、〈猿猴の月〉を探す鍵を渡すって言ってたけど、どうするんだ？」

勝村の質問に、山猫は無言で手を差し出してきた。

「え？」

「出せよ」

「何を？」

「だから、〈猿猴の月〉の鍵だ」

「ぼくが？」

「そう」

山猫が大きく頷くと、みのりも勝村をじっと注視する。

そんな目をされても困る。

「ぼくが持ってるわけないじゃないか」

勝村が主張すると、山猫が、これみよがしにため息を吐く。

「お前って、本当に鈍感なのな」

「何が？」

言い終わる前に、山猫が勝村のジャケットのポケットに手を突っ込んだ。

「な、何だよ」

困惑する勝村を余所《よそ》に、山猫はポケットの中から小さな指輪を取り出した。

勝村には、全く見覚えのない指輪だった。

「それは何？」

「見て分かんねぇのか？　これが、〈猿猴の月〉の鍵だ――」

山猫は、指輪を照明に翳《かざ》しながら言う。

宝石は付いていない。シルバーのシンプルな形状をした指輪だった。

「何で、こんな物が、ぼくのポケットに？」

「まだ分からないのか？」

「うん」

「あのガキが、連れ去られる前に、お前のポケットに突っ込んだんだよ」

山猫に言われて、思い当たる節があった。

きっと、サツキが勝村に抱きついてきたときだ。あのときは、意味が分からなかったが、彼女は、その隙に乗じて、勝村のポケットに忍び込ませたのだろう。

「なぜぼくに？」

それが、勝村には分からなかった。

「殺されない為だよ」

「え？」

「連中が欲している物を素直に渡したら、容赦なく殺されちまっただろう。だから、これをお前に託したんだよ」

「なるほど――」

納得すると同時に、驚きもあった。

あの状況で、そこまでのことをするとは、サツキは見た目以上に機転が利くのかもしれない。

ただ、振り回されていた勝村とは大違いだ。

6

犬井は、新宿のゴールデン街に足を運んだ――。

かつては、この辺りもずいぶんと物騒だったが、今はその趣はない。古い飲み屋は残っているものの、様変わりしてしまった。

狭い路地を抜けた先に、牧野の言っていたバー〈エリー〉がひっそりと佇《たたず》んでいた。

中に入ろうとしたところで、携帯電話に着信がある。

表示されたのは、さくらの番号だった。昨晩の文句でも言うつもりなのだろう。つまらないご託に付き合っている暇はない。

犬井は、電話を無視して、今にも外れてしまいそうな扉に手をかけた。まだ営業時間ではないが、誰か中にいるらしく、すんなりと扉が開いた。

六人が座れるカウンター席があるだけの狭い店内だった。梁《はり》が剝《む》き出しになった天井からは、裸電球がぶら下がっている。

店の隅には、ビールケースが積み上げられ、アルコールと黴《かび》の入り混じった臭いが鼻を突く。

「開店前だよ――」

カウンターの奥にいる中年の男が声を上げた。

四角張った顔立ちの男だが、口には紅を引き、フリルのついたワンピースを着ている。

パイプ椅子に腰掛け、煙草をくゆらしながら文庫本を読んでいた。

「知っている」

犬井は、そう言いながらカウンターのスツールに腰掛けた。

「だったら出直しな」

男は、相変わらず文庫本に夢中になっている。

「牧野の紹介で来た――」

犬井が告げると、男は弾《はじ》かれたように顔を上げた。

糸のように細い目で、値踏みするように犬井を凝視する。

「あんた、犬井さん？」

男が、呟くように言った。

「そうだ」

返事をしながらも、犬井は別のことを考えていた。

牧野に会ったのは今朝だ。それから、何時間と経っていない。にもかかわらず、この男は犬井が来ることを知っていた。

どんな方法を使ったのかは知らないが、牧野は拘置所の中から、外部と連絡を取る手段を持っているらしい。

大方、刑務官を買収しているのだろう。だが、だとしたら、これが罠である可能性が、益々《ますます》高くなった。

とはいえ、今さら後戻りをするつもりはない。

「思ったより、いい男ね」

男が紅を引いた口許に、小さく笑みを浮かべた。

「おれに、その趣味はない」

犬井が告げると、男は舌打ちを返してきた。

「バカにしないで。私たちだって、相手を選ぶわよ。男なら誰でもってわけじゃないのよ」

「バカにされたくないなら、似合いもしない恰好《かっこう》をするな」

「面白い男ね」

「別に、お前を笑わせようとしたわけじゃない」

「そうだったわね。猿のことを知りたいんだって？」

男が、文庫本をカウンターに置き、ゆっくりと立ち上がった。

座っているときは分からなかったが、背が高く、プロレスラーのようにがっちりとした体格をしている。

フリルのワンピースが、さっきよりもいっそう、アンバランスに見えた。

「知っているのか？」

犬井が訊き返すと、ワンピースの男はカウンターの奥から出てくる。

「ついて来なさい」

ワンピースの男は、そう言うと扉を開けて店を出て行く。

いかにも怪しい。だが、犬井はそれでも、黙ってワンピースの男について行くことにした。

罠を恐れて手を拱《こまね》いていては、何の解決にもならない。罠であるならば、その罠に飛び込み、相手をねじ伏せる。それが、犬井のやり方だ。

男は、ゴールデン街の路地を、さらに奥へ、奥へと進んでいく。

やがて、古びた雑居ビルの前に辿《たど》り着いた。

「私は、ここまでよ」

ワンピースの男は、エントランスの前で腕組みをして、目線で中に入るように促した。

「何処に行けばいい？」

「階段で地下に降りて。向こうは、もう分かっているわ」

犬井は小さく頷き、エントランスに入った。

プレートを見る限り、飲食店や風俗店と思《おぼ》しき名称が、名を連ねている。その割に、明かりが乏しく、廃墟《はいきょ》のような佇まいだ。

こんな状態では、客が二の足を踏むだろう。

廊下を進み、地下へと通じる階段を降りようとしたところで、携帯電話に着信があった。また、さくらからだった。

――しつこい女だ。

「何の用だ？」

犬井は電話に出る。

〈霧島です〉

「分かっている。何の用だと訊いているんだ」

〈犬井さんは、今どちらにいるんですか？〉

「お前に言う必要はない」

〈そうはいきません。上からの指示で、あなたと一緒に捜査をするよう言われているんです〉

「下らん！」

〈また、それですか？〉

「もう切るぞ」

犬井は、一方的に告げて電話を切った。

ポケットから、煙草を取り出そうとしたが、うっかり手を滑らせてしまった。拾うのも、新しい煙草を取り出すのも面倒だ。

犬井は、軽く舌打ちをしてから、地下へと通じる階段を降りていく。

湿気が籠《こ》もり、嫌な臭いがした。

地下に到着すると、すぐ目の前に鉄製の扉があった。錆《さび》が浮いた、古い扉だ。

おそらく、ここから中に入れということだろう。扉に手をかけたところで、犬井は動きを止める。

扉の向こうに、人の気配を感じた。それでも、犬井は扉を押し開ける。

その途端、暗闇の中から二人の男が襲いかかってきた。

犬井は素早く身体を捻《ひね》り、打ち出される拳《こぶし》をかわすと、一人の男の股間《こかん》を蹴り上げた。

悶絶《もんぜつ》しながら膝《ひざ》を落とした男の顔面に、容赦なく拳を叩《たた》き込む。

その一撃で、男は仰向《あおむ》けに倒れて動かなくなった。

「てめぇ！」

もう一人の男が、怒声を上げながらナイフを抜いた。

口許に勝ち誇った笑みを浮かべている。武器を持っただけで、自分が強くなったと錯覚する愚か者だ。

男が、横一文字にナイフを振るう。

ナイフだろうが、パンチだろうが、予備動作が大きければ、かわすのは容易《たやす》い。

犬井は、素早く男との距離を詰めると、ナイフを持った腕を掴み、関節を極《き》めたまま、床の上に引き倒した。

バキッと激しい音がする。

腕の骨をへし折られた男は、床の上をのたうち回る。

犬井は、暴れ回る男の首を踏みつけた。

男は、目を見開き、恐怖の表情を浮かべる。不意を突けば勝てるなどと思った、臆病者の末路だ。

「誰に雇われた？」

犬井は男に問う。

こいつらは、所詮は小物だ。背後に誰がいるかを炙《あぶ》り出さなければ、せっかく罠に嵌《は》まった意味がない。

「ぐぅぅ」

男が呻《うめ》く。

黙秘しようとしているわけではない。犬井に、首を踏みつけられているので、思うように息ができないのだ。

「喋る気があるなら、瞬《まばた》きをしろ」

犬井が告げると、男がしきりに瞬きをする。

「いいだろう」

犬井が、男の首から足をどけた瞬間、後頭部に強烈な痛みが走った。

地面がぐらりと揺れ、堪らず片膝を突く。

振り返ると、そこには、案内役であったワンピースの男が立っていた。

「惜しかったわね」

男が、小さく笑みを浮かべる。

それが、犬井の記憶している最後の光景だった——。

7

「この指輪は、いったい何なんだ？」

勝村が訊ねると、山猫はコイントスの要領で、指輪を弾き、くるくる回転する指輪を空中でキャッチした。

「さあな。ただ、〈猿猴の月〉の鍵であることは確かだ」

「そんな風には見えませんけど……」

口を挟んだのはみのりだった。

勝村も同感だった。見たところ、何の変哲もない普通の指輪だ。

「ここは、専門家の意見を聞こうじゃねぇか」

山猫がそう言うのを待っていたかのようなタイミングで、バーの扉が開き、一人の女性が入ってきた。

年齢は二十代後半くらいだろう。神がかり的なプロポーションをもった、色気たっぷりの女性——里佳子《りかこ》だ。

里佳子は、古くからの山猫の知り合いのようだが、どういう関係なのか、詳しくは知らない。

ときどき、山猫の仕事を手伝ったりしているが、普段は下北沢でジュエリーショップを経営している。

指輪を調べる上では、まさに専門家と言っていいだろう。

「あら、英男君。まだ、このバカ猫と関わってたの？」

里佳子が、勝村に歩み寄り、頬をそっと撫《な》でながら言う。

その仕草といい、甘い香りといい、何だか頭がくらくらしそうだ。

「いや、何というか……」

「早く縁を切らないと、あなたまでバカになるわよ」

「誰がバカだって？」

山猫が不機嫌な声を上げる。

「あんたに決まってるでしょ。ブタ猫さん」

里佳子が、べぇっと舌を出す。

「そのブタ猫に惚れたのは、どこのどいつだ？」

「まさか、私だって言いたいの？」

「他に誰がいるんだよ」

「バカ言わないで。あんたみたいなソーローさんに用はないのよ」

「長けりゃいいってもんじゃねぇだろ。男と女はな、メリハリが大事なんだよ」

山猫と里佳子のやり取りを聞きながら、勝村は長いため息を吐いた。

仲がいいのか、悪いのか、さっぱり分からない。そもそも、本題から大きく外れてしまっている。

「あの……」

勝村より先に仲裁に入ったのは、みのりだった。

「あら、あなたは確か……」

「黒崎大悟《だいご》の娘です」

みのりが答える。

それだけで、里佳子は事態を察したらしく「ああ」と手を打った。と、すぐに山猫に目を向ける。

「ちょっと。あんた、女子高生に余計なことさせてんじゃないでしょうね」

里佳子が、山猫の胸倉を摑み上げる。

「そんなわけねぇだろ。こいつが、勝手に絡んできたんだよ」

「だとしても、それを止めるのが真っ当な大人ってもんでしょう」

「窃盗犯に、正論を押しつけるんじゃねぇよ」

山猫が、里佳子の手を振り払う。

普段の緩さから、ついつい忘れがちになってしまうが、山猫は窃盗犯——つまり犯罪者なのだ。

しかも、それを自認して憚《はばか》らないような男だ。

そんな山猫を相手に、正論を説いたところで、それは全くの無意味だ。そんなことより——。

「そろそろ、本題を話しませんか？」

勝村は、半ばうんざりしながらも切り出した。

里佳子が「それも、そうね——」と応じたことで、ようやく場が落ち着いた。

勝村の隣に里佳子が座る。山猫が里佳子に指輪を放り投げた。

「何これ？」

里佳子が、指輪をまじまじと見つめる。

「指輪だ」

「そんなこと分かってるわよ。あんた、バカなの？」

再び、山猫と里佳子の口論が始まりそうになったので、勝村は慌てて割って入る。

「その指輪には、〈猿猴の月〉の在処を示す、手掛かりがあるらしいんです」

勝村が口にすると、里佳子が眉を顰《ひそ》めた。

「〈猿猴の月〉――何それ？」

勝村に代わり、みのりが、これまでの経緯《いきさつ》を里佳子に話して聞かせる。

「なるほど。そういうことね。まったく。どっかのバカ猫は、何も説明しないから、厄介なのよね……」

事態を把握した里佳子は、ぶつぶつと文句を言いながらも、改めて指輪をじっくりと観察する。

「一見すると普通の指輪ね。素材はプラチナ。刻印はなし――」

「そんなもんは、見りゃすぐ分かる」

山猫が茶々を入れる。

里佳子は「うるさい」と一蹴《いっしゅう》してから、さらに観察をする。

「少し、軽いわね」

里佳子が、掌で重さを量るような素振りをみせる。

「そんな小さい物なのに、重さの違いが分かるんですか？」

勝村は、思わず眉を顰めた。

「分かるわよ。こう見えても、プロなんだから」

里佳子は、厚みのある唇に笑みを浮かべる。

「でも、軽いってどういうことなんですか？」

みのりが訊ねると、里佳子は、「まあ見てて」と告げ、カウンターの奥に歩いて行ってしまった。

里佳子は、ずいぶんとこの場所に慣れている。以前から、〈STRAY CAT〉アネックスの存在を知っていたのかもしれない。

考えている間に、里佳子は道具箱を持って戻ってくると、再びソファーに腰掛けた。

――何をするつもりだろう？

疑問を抱く勝村の前で、里佳子は指輪の感触を確かめながら、道具箱の中にあるニッパーを取り出し、二ヵ所切断した。

「ほらね――」

里佳子が、二つに割れた指輪を見せてくる。

驚いたことに、指輪はチューブのように、中が空洞になっていた。

「中に何か入ってるぞ」

山猫が指摘する。

確かに、何か入っているように見える。

「出してみるわね」

里佳子は、ピンセットを使い、空洞の中に入っている何かを取り出した。

出てきたのは、胡麻《ごま》粒ほどの大きさの歯車だった。金属製の歯車に、赤い塗装が施してある。

「何だこれ？」

顔を近付けようとした山猫を、里佳子が押し戻した。

「あんたの鼻息で、飛んだらどうすんのよ」

里佳子の言う通りだ。

これだけ小さい物だ。落としでもしたら、捜すのは至難の業だ。

里佳子は、テーブルの上に黒いクロスを敷き、慎重に歯車を置いた。何かの意味があるのだろうが、さっぱり分からない。

勝村が考えている間に、里佳子は額に固定するタイプのルーペを取り出し、じっくりと歯車を観察する。

「これ、腕時計の歯車ね」

里佳子が呟くように言う。

「腕時計？　こんな小さいんですか？」

勝村も腕時計は持っているが、その内部構造については知らない。これほどまでに、小さい部品で構成されているとは驚きだ。

「そうよ。腕時計は、こういう歯車が無数に連なっているの」

「歯車に何か書いてありますか？」

訊ねたのは、みのりだった。

勝村も、みのりと同じことを考えた。もし、これが〈猿猴の月〉なるものの鍵だとするなら、ヒントになる何かが書いてある可能性は高い。

里佳子が、「ちょっと待って」と、さらに歯車に顔を近付ける。

しばらく凝視していた里佳子だったが、不意に何かを思い付いたらしく、ポケットの中からペンライトを取り出す。

「電気を消して」

里佳子の指示を受け、山猫が立ち上がり、電気のスイッチを切った。

部屋が暗くなると同時に、里佳子がペンライトを点ける。普通のライトではない。青紫の光を発していた。

「もしかして、それって……」

「そう。ブラックライト。ダイヤモンドなんかの真贋判定とかに使うから、持ち歩いてるのよ」

ブラックライトは、紫外線を照射するライトで、青紫の光を放つ。

里佳子が説明した通り、宝石はもちろん、紙幣や骨董《こっとう》品の鑑定、細菌の繁殖を確認するためにも使われる。

里佳子が、ブラックライトの光を歯車に当てると、文字が浮かび上がった。

前にも、これと同じ手法で文字が浮かび上がるのを見たことがある。

蛍光顔料で書かれた文字は、通常は無色透明だが、ブラックライトの光を当てることで、浮かび上がるという性質をもっている。

アミューズメント施設などで、照明を変えると、壁に今まで見えなかった絵が浮かび上がるという仕掛けがあるが、これと同じ方法だ。

そこにいた全員が、息を殺して歯車を見つめる。

浮かび上がった文字は――。


〈MONKEY〉


「どういう意味だ？」

勝村は、思わず首を捻った。

何かの暗号なのだろうが、MONKEYという一語では、何が何だか分からない。一応、アナグラムみたいに、文字の入れ替えをしてみたりしたが、ろくな考えは浮かばなかった。

「モンキーってことは、猿ですよね。三猿と何か関係がありそうですけど……」

みのりも分からないらしく、困惑した表情を浮かべている。

「私、こういうの苦手なのよね」

里佳子は、端《はな》から考える気がないらしい。

自然とその場にいた全員の視線が、山猫に向けられる。

山猫は、向けられた視線を堪能《たんのう》するように、たっぷりと間を置いてから、にいっと笑ってみせた。

「おれにも分かんねぇよ」

「もったいつけたクセに、何だよそれ」

勝村が抗議したが、山猫は気にした風もなく、ソファーに深く身体を沈めた。

「まあ、そう焦るな。解けないなら、解かせればいいだけだ」

「誰に？」

「決まってるだろ。猿の娘だよ」

山猫が、さも当然のように言う。

確かに猿の娘だと名乗るサッキに訊けば、暗号を解くことができるかもしれない。だが――。

「彼女は、囚《とら》われの身だろ？」

「そんなことは分かってる。だから、取引しに行くんじゃねぇか」

「でも、その為にはこれを渡さなきゃいけないだろ」

勝村が、テーブルの上の歯車を指差すと、山猫が呆れたようにため息を吐いた。

「真面目か！」

「善良な一般市民だからね」

「あの連中が、善良な市民だと思うか？」

「いや」

正体は不明だが、猿のお面を被ったまま、平然と少女を追い回し、拳銃を抜くような奴らだ。どう見たって、善良じゃない。

「だったら、真っ当な取引なんて期待しないことだ」

山猫の言い分はもっともだが、何だかとてつもなく嫌な予感がした。

8

──どういうこと？

さくらの脳裏には、疑問が渦巻いていた。

犬井がようやく電話に出たと思ったら、完全な拒絶の上に切られてしまった。腹は立つが、犬井の性格を考えれば想定内だ。

問題はそのあとだ──。

再び、犬井の携帯電話に連絡を入れようとしたところで、メールが届いた。知らないアドレスで、本文はなく、ただ新宿の住所が記されていた。

見覚えのないアドレスだし、迷惑メールの類《たぐ》いかと思ったが、どうにも引っかかった。

さくらは、犬井のメールアドレスを知らない。故に、このアドレスが犬井のもので、彼自身が送信してきた可能性は否定できない。

悩んだ末に、さくらはメールに書かれていた住所に足を運んだのだ。

そこは、古びた雑居ビルの前だった。

プレートを見る限り、飲食店や風俗店が軒を連ねているようだが、実際に営業しているかどうかは定かではない。

取り敢えず、エントランスに足を踏み入れたものの、特に変わった様子はない。

あのメールは、やはり迷惑メールの類いだったのかもしれない。引き返そうとしたさくらだったが、ふと足を止めた。

地下へと通じる階段の前に、煙草が一本落ちているのを見つけた。

「これは……」

拾い上げて、じっと観察してみる。

煙草に銘柄の刻印がある。ラッキーストライクだ。銘柄自体は、それほど珍しいものではないが、煙草にはフィルターがなかった。いわゆる、両切りと呼ばれるタイプで、なかなかお目にかかれない。

これは、犬井が好んで吸っていた煙草だ。

もし、これが犬井の煙草だったとすると、彼は、この階段を降りて地下に向かったことになる。

――どうする？

さくらは、ごくりと喉を鳴らして唾を呑み込む。

階段の先は闇に包まれていて、よく見えない。まるで、地獄の底につながっているかのような趣だ。

ここで惚けていたところで、何も解決はしない。さくらは、慎重に地下へと通じる階段に向かって足を踏み出した。

靴音が、幾重にも反響する。

地下に降りると、鉄製の古びた扉が見えた。

この向こうに、何かある――そんな予感がした。

さくらは、おそるおそる扉を押し開ける。

ギッ――と蝶番《ちようつがい》の擦《こす》れる音がして、扉が開いた。

そこに広がっていたのは――。

闇だった。

手探りで、壁際にある電気のスイッチを入れる。

蛍光灯の青白い光に照らされて、部屋の中の状況が確認できた。

何もない――。

床も壁もコンクリートで、物が一つもない、無機質な空間が広がっていた。

さくらは、緊張を解き、ふっと息を吐く。

ここに犬井がいないとなると、いったい何処に行ったのだろう？　考えを巡らしながら、改めて部屋の中を見回すと、床の上に携帯電話が落ちているのを見つけた。

折りたたみ式の、古いタイプの携帯電話だ。

正確に機種は覚えていないが、犬井が使っていたのも、このタイプのものだった気がする。

屈《かが》み込んで手に取ってみる。

「これは……」

さくらは、思わず声を上げた。

携帯電話に、僅《わず》かではあるが、赤黒い液体が付着していた。臭いを嗅《か》いでみる。

「血？」

明言はできないが、付着している液体は、血痕であるような気がした。

これが、犬井の携帯電話だとすると、この場所で何かあったのは確かだ。もしかしたら、犬井はここで何者かに襲撃されたのかもしれない。

その結果として、携帯電話を落とした——と考えると辻褄《つじつま》が合うような気がする。

いや、結論を出すには、あまりに性急過ぎる。そもそも、さくらの推測が正しかったとしても、現状では犬井を捜す手掛かりは皆無に等しい。

まずは、この携帯電話の持ち主を特定し、付着している液体が何かを分析する。

さくらは、これからやるべきことを、頭の中で反芻《はんすう》しながら立ち上がり、部屋を出た。

階段を上がり、ビルの外に出たところで、ふと誰かに見られているような視線を感じ、足を止めた。

さくらは、警戒しながら辺りを見回す。

――いた！

二十メートルほど離れたところにある、コインパーキングの辺りから、じっとこちらを見ている男の姿があった。

小柄な男で、猿のような顔立ちをしていた。

――いや違う。

その男は、猿のような顔立ちなのではなく、猿のお面を被っているのだ。

どこからどう見ても怪しい。

さくらは、腰に挿した警棒に手をかけ、男に近付こうとした。が、次の瞬間、男は踵《きびす》を返して走り出した。

「待ちなさい！」

さくらは、鋭く声を上げながら駆け出す。

男は、想像以上に足が速く、ぐんぐんと距離を離される。そのまま、狭い路地に入ってしまった。

必死にあとを追いかけ、同じ路地に入った。

そこは袋小路になっていた。

――追い詰めた！

そう思ったのに、どういうわけか、男の姿はどこにも見当たらなかった。

幻でも追いかけていたのだろうか？

さくらは、訳が分からず、ただそこに呆然《ぼうぜん》と立ち尽くすしかできなかった。

9

犬井が目を覚ましたのは、固いコンクリートの上だった――。

横倒しになっていた身体を起こすと、ずんずんと響くように後頭部が痛んだ。それと同時に、これまでのことが脳裏を過《よ》ぎる。

ぐるりと見回してみる。

コンクリートの壁に囲まれた薄暗い部屋だった。

ベッドが二つ並んでいて、囲いのない便器が置かれている。まるで、刑務所のような造りだ。

一つだけある鉄製の扉は、内側から開けられないようにドアノブが外されていて、外から様子が窺《うかが》えるように、開閉式の覗き窓が設置されていた。

鍵はピッキングができるシリンダータイプのものではなく、電子ロックのようだ。

罠であることは承知していたが、こうもあっさり捕らわれてしまうとは――犬井は、自らの不甲斐《ふがい》なさに舌打ちをした。

ワンピースの男は、単なる案内人だと思っていたが、そうではなかった。

軋《きし》む身体に鞭打《むちう》ち、犬井はどうにか立ち上がる。たったそれだけで、息が上がった。

予想以上にダメージがあるようだ。だが、動けないわけではない。捕まりはしたが、このまま黙っているつもりはない。何とか、脱出する方法を考えなければならない。

自分の所持品を探ってみる。

警察手帳、警棒、拳銃、手錠、携帯電話——全て没収されている。抜かりない連中のようだ。

しかし、まだ万策尽きたわけではない。

犬井は片膝を突き、自分の右足の靴に手をやる。こういう事態を想定して、犬井は靴に仕込んだ物を取り出そうとしたとき、ガチャッとドアのロックが外れる音がした。

様々な物を隠し持っている。

ドアが開き、猿のお面を被った四人の男が部屋に雪崩《なだ》れ込んで来た。

犬井は、すぐ目《しりめ》の前に立った男の股間を蹴り上げる。

悶絶した男を尻目に、右側から殴りかかってきた男の腕を掴み、鼻っ柱に肘《ひじ》打ちを食らわした。

さらに、追撃を加えようとしたが、背後から羽交い締めにされた。

犬井は頭突きで、男を怯《ひる》ませ、すぐさまコンクリートの床の上に投げ飛ばす。

しかし、反撃はそこまでだった。

警棒のようなもので太股《ふともも》を打たれ、堪らず跪《ひざまず》く。

髪を掴まれ、背中を蹴られた。

顔面を殴られ、腹に膝蹴りをもらった。その先は、何があったかよく覚えていない。気付いたときには、床に這《は》いつくばっていた。

――クッソ！

普段であれば、四人程度の相手なら、返り討ちにすることができたが、状況がよくなかった。

ダメージによる反応の遅れが、命取りになった。

男たちは、犬井の手を後ろに回し、手錠で拘束してしまう。こうなっては、さすがに反撃に転じるのは難しい。

そのまま、強引に椅子に座らされた。

「本当に、油断も隙もあったもんじゃないわね」

聞き覚えのある声がした。

見ると、案内役だったワンピースの男がにやつきながら立っていた。その手には、警棒が握られている。

あのときこの男が後から入ってきて、警棒での一撃を加えたのだろう。ふざけた外見のクセに、油断ならない奴だ。

「黙れ」

犬井が吐き捨てると、男がずいっと顔を近付けて来た。

——何をするつもりだ？

思った矢先、ノーモーションからのパンチが飛んで来た。

口の中を切ったらしく、ボタボタと血が滴り落ちる。スピードがある上に、重さもある。何かの格闘技をやっていたのかもしれない。

「あんまり、調子に乗らないでね」

ワンピースの男が愛嬌《あいきょう》たっぷりに言う。言動がめちゃくちゃだ。

しかし、この程度で怯むような犬井ではない。

「調子に乗ってるのは、お前の方だろ。必ず殺すから、覚悟しておけ」

犬井が睨み付けると、ワンピースの男は笑い声を上げながら二発目のパンチを放った。

今度は、鼻っ柱に命中した。

鼻から血が流れ出した。鼻骨が折れたかもしれない。

「威勢がいいのは分かったけど、自分の立場をわきまえた方がいいわよ」

「くそ食らえだ」

犬井は、男の顔面に、血の混じった唾を吐きかけた。

顔を紅潮させた男が、三発目のパンチを放とうとしたところで「その辺にしておけ——」と声がかかった。

「狂犬の渾名《あだな》は、伊達《だて》じゃないな」

そう言いながら、一人の男が部屋に入ってきた。

他の雑魚《ざこ》どもと同じように、猿のお面を被っているが、形状が少し異なる。ボス猿といったところかもしれない。

「お前らみたいな猿に、ごちゃごちゃ言われたくないね」

犬井は憎しみを込めて口にした。

「ずいぶんと、突っかかるじゃないか」

「諺《ことわざ》にもあるだろう。犬猿の仲って。犬は、無条件に猿が嫌いなんだよ」

犬井は、ボス猿にも唾を吐きかけてやった。

だが、さっきの男とは違い、ボス猿は怒りに駆られることなく、小さくため息を吐いただけだった。

安い挑発には乗らない。厄介なタイプのようだ。

「残念だが、猿には犬の相手をしている暇はないんだよ」

「なら、どうしておれを捕らえた」

「牧師のたっての願いだったからね」

牧師は、牧野の別名だ。やはり、牧野は今回の事件に一枚嚙んでいたようだ。

「猿が、羊の言いなりになるとはね」

「理由は、それだけじゃない。それは、君自身が一番分かっていると思うがね」

ボス猿が言った。

お面越しではあるが、薄《うっす》ら笑っているのが分かった。

「何のことだ？」

「あくまで、惚けるのか？」

「別に、惚けちゃいねぇ」

「だったら、教えてあげるよ。君の肉親に関係していることだ――」

ボス猿は犬井の耳許に顔を近付け、囁《ささや》くように言った。

想定していた言葉ではあったが、改めて耳にすると、心の奥から冷たい何かが溢《あふ》れ出した。

それは、おそらくは殺意だろう。

「黙れ！ お前らには、関係ないことだろうが！」

犬井の叫び声が、狭い室内に空しく響いた。

足掻けば足掻くほどに、自らの存在が矮小《わいしょう》なものになっていくような気がして、余計に苛立《いらだ》ちが募る。

「そうはいかない。君は、うちにとって切り札になる」

「何が切り札だ！ 殺すなら殺せ！」

「ダメだ」

ボス猿が首を左右に振る。

「何？」

「君は、牧師に引き渡す。それまで、生きていてもらう。牧師は、どうしても、君を自分の手で殺したいらしいからね」

犬井は、思わず舌打ちをした。

牧野らしいサディスティックな発想だ。

「ずいぶんと、呑気《のんき》な連中だな。牧野が出所するまでに、何年かかると思ってる？」

「そうだろうね。まあ、君一人飼っておくくらいの蓄えはある。安心したまえ」

「ふざけたことを……」

「ただ、退屈してもいけないだろうから、それまでの間、君には獲物を誘《おび》き寄せる餌になってもらうよ」

　こんな連中に利用されるなど、反吐《へど》が出る。

「てめぇら……」

犬井が言い終わる前に、腹に強烈な痛みが走った。

さすが、猿山のボスだ。さっきのワンピースの男のパンチも強烈だったが、はっきり言って段違いだ。

犬井は身体をくの字に曲げ、胃の中のものを全部その場に吐き出した。冷や汗が滴り落ち、身体が震えた。

「話は終わりだ」

「まだ、終わってねぇ……」

犬井は、絞り出すように言う。

そのまま、突進してボス猿に一矢報いようとしたが、取り巻きの猿に引き戻された。

「少しばかり、痛めつけていいですか？」

男が、ヘラヘラと笑いながら、ボス猿に訊ねる。

さっきの続きをやりたいらしい。

「大事な商品だ。あくまで死なない程度に——だぞ」

ボス猿は、そう言い残すとドアを開けて部屋を出て行った。

ドアが閉まるのが合図であったかのように、取り巻きの猿たちのパンチやキックが飛んで来た。

もはや、足掻く気力もなく、犬井はサンドバッグのようにただ攻撃を受け続けた。

10

みのりは、秋葉原《あきはばら》駅の電気街口の改札を抜ける。

秋葉原の駅で降りるのは、初めてのことだ。一歩街に出てみると、アニメ系のキャラクターが描かれた凄まじい数の看板が立っている。

「凄いですね」

みのりは、思わず声を上げた。

「ああ。そうだね」

隣にいる勝村が、足を止めて答える。

「何だか、気色悪いです」

「何が？」

「みんな、ああいうのが好きなんですか？」

みのりは、近くにあった看板を指差しながら訊ねる。

その看板に描かれた女性キャラクターは、目が異様に大きく、信じられないくらい鼻が小さい。

幼児的な顔立ちをしているにもかかわらず、胸だけがはち切れんばかりに大きいという、どう見てもアンバランスなものだった。

「まあ、ああいうのが好まれる傾向はあるね」

勝村が、わずかに目を細める。

「勝村さんも、ああいうのが好きなんですか？」

「まさか」

勝村は、肩をすくめるようにして言った。

「じゃあ、どういう女性が好みなんですか？」

「ぼく？」

「はい」

何で、そんなことを勝村に訊いてみようと思ったのか、みのり自身、よく分からなかった。

強いて言えば、場つなぎの会話みたいなものだろう。

「困ったな……余計なことを言ったら、セクハラみたいになっちゃうしな……」

わずかに頰を赤らめながら言う勝村が、何だか可愛らしく見えた。

年齢の割に、純情なのかもしれない。

「そんなことより、とにかく行こう」

しばらく思案していた勝村だったが、結局、いい答えが浮かばなかったらしく、強引に話を打ち切って歩き出した。

みのりも、そのあとに続いて歩き出す。

女子校の制服に猫耳という、謎の恰好をしたチラシ配りをかわしながら、幾つもの路地を曲がった先で勝村は足を止めた。

駅前の華やかさに取り残されたような、古い雑居ビルの前だった。

「ここだ」

勝村は、そう言ってからビルの入り口へ入っていく。

見るからに怪しげだ。

みのりは、戸惑いながらも勝村のあとに続く。

エレベーターに乗り、四階で降りると、そこは部屋になっていた。段ボール箱や、分解されて配線が剝き出しになったパソコンが乱雑に並んでいる。まるで、ゴミ置き場のような惨状だった。

「本当に、ここでいいんですか？」

みのりが訊ねると、勝村は「まあね」と答えて、奥へと分け入って行く。

あとに続いて行くと、窓際にデスクが置かれていて、そこでパソコンに向き合っている男の姿が見えた。

トドのように、でっぷりとした男だ。

彼は、勝村の存在に気付いて顔を上げる。その途端、弾けるような笑みを浮かべた。

「おお！　我が同志！」

ミュージカルのクライマックスのように、両手を広げて大仰に叫ぶなり、トドのような男は立ち上がり、勝村と熱い抱擁をかわした。

何だか、見てはいけないものを見てしまったような気がする。

「あの……」

みのりが声をかけると、トドのような男は、ようやく存在に気付いたらしく、驚いた表情を浮かべて勝村から離れた。

次いで、鼻先が付くほどにみのりの顔を注視すると「かわいい」と弛緩《しかん》した顔で言った。

なぜだろう——全く嬉しくない。

「同志。このコスプレ女子は、いったい誰だ？」

トドのような男は、早口に言う。

「ああ。彼女は、黒崎みのりちゃん。コスプレじゃなくて、現役の女子高生だ」

勝村が紹介する。

「げ、現役の女子高生！　ま、まさか、猫の女なんてことはないよな？」

「さすがに山猫も、女子高生には手を出さないでしょ」

「いや、分からん。あの男は、女とみれば見境ないからな」

「本当に、違うと思う。そうだよね。みのりちゃん」

急に勝村に話をふられ、よく分からないが、取り敢えず「はい」と頷いてみせた。

「と、いうことは、ぼくが、その……アプローチしちゃっても、いいんだね」

トドのような男は、頬を赤らめながら、ずいっとみのりに顔を近付けてくる。

顔面のあまりの迫力に、みのりは思わず身体を仰《の》け反らせた。顔だけで判断するわけではないが、あまりタイプではない。

「アプローチしてもいいけど、里佳子さんに報告しちゃうよ」

勝村が言うと、トドのような男はピタリと動きを止めた。

「勝村君。それはないよ。同志じゃないか」

トドのような男は、今度は勝村にすがりつく。

飼い主に甘える犬のような振る舞いだが、いかんせん身体が大きい。勝村が、今にも倒れそうなほどフラフラしている。

「分かったよ。言わないよ」

勝村が答えると、トドのような男は、パッと顔を明るくして勝村から離れた。

コントのようなやり取りで、滑稽《こっけい》ではあったが、みのりからしてみると、何のことやら分からず置いてきぼりだ。

「あの……」

みのりが声をかけると、勝村は「そうだったね」と、トドのような男を紹介した。

細田《ほそだ》という名前で、凄腕のハッカーらしい。

ここまでのやり取りを見る限り、凄腕という部分に引っかかりを覚えたが、勝村がわざわざ足を運ぶくらいなのだから、見かけだけで判断してはいけないのだろう。

「それで、山猫から話は通っていると思うけど――」

「ああ。本当は、猫の依頼は受けないんだけど、三猿がらみとあっちゃ、放っておくこともできないからね」

――今の口ぶり。

「三猿を知っているんですか？」

みのりが訊ねると、細田はにたっと笑ってみせる。

「裏の世界にいる連中なら、名前くらい聞いたことがあるさ。伝説とまで謳《うた》われた連中だからね」

「会ったことはあるんですか？」

「あるよ」

「どんな人たちなんです？」

「そうだな……言わ猿は、口うるさくて、面倒臭い男だ。大物を気取っちゃいるけど、小言ばかりの舅《しゅうと》みたいな野郎だよ。見猿は、ほとんど喋らないし、根暗で何考えてるか分からない。腕はいいんだけど、気味が悪いんだよね」

「はあ……」

伝説と言っている割に、細田の説明は、同級生の悪口を並べているみたいだ。

「聞か猿だけは、他の連中とは違ってたな……」

細田が感慨深げに言う。

「どう違うんです？」

「頭が切れて、クールで、スタイリッシュ。おまけに、イケメンなんだ。みのりちゃんも、きっと惚れると思うよ」

細田がウィンクしてみせた。

なぜか聞か猿だけ、異常に評価が高い。もしかしたら、細田は聞か猿に惚れていたのでは――などと関係ない想像が頭を過ぎった。

「そんなことより、頼んでおいた物は、できてる？」

勝村が口を挟む。

「そうだったね。他人の名を騙《かた》る、愚かな猿に鉄槌《てっつい》を下さなきゃいけないんだった。もう少し、時間がかかるから、ぼくのコレクションでも見ながら、ちょっと待ってて」

細田は、壁際にあるショーケースを指差したあと、再びパソコンに向き直った。

勝村は「分かった――」とショーケースに歩み寄る。

そこに並んでいるものを見て、みのりは思わずぎょっとなった。

女子校の制服やナースなど、様々なコスプレをしたフィギュアが無数に置かれていた。どれも、グリーンのツインテールをした少女だ。

「勝村さんって、こういうの好きなんですか？」

みのりが声をかけると、勝村が苦笑いを浮かべた。

「集めようって気にはならないけど、かわいいとは思うよ」

「勝村さんの好みが、分からなくなってきました」

「そう？」

「そうですよ」

「でも、みのりちゃんだって、イケメンのアイドルを見て、ファンではないけど、かっこいいとは思うだろ」

「まあ、そうですけど……」

――全然違う気がする。

などと考えている間に、細田が「できた！」と声を上げて立ち上がった。

「はいこれ」

細田は、そう言って大きなバッグを差し出してきた。

中を確認すると、スプレー缶のような物が、大量に入っていた。だが、よく見ると違う。これは催涙弾だ。

何だか、嫌な予感がしてきた。

みのりの不安を余所に、細田は「はい」と勝村にメガネを差し出した。

「何これ？」

「同志のメガネ、壊れちゃってるだろ。ついでに、用意しておいたんだよ」

そう言って、細田は満面の笑みを浮かべた。

11

さくらが足を運んだのは、火災があった工場から、徒歩で十分ほどのところにある、住宅街だった。

人通りが少なく、閑静な場所だ。

そんな中、場違いともいえる、黒塗りのセダンが、路上に停車しているのを見つけた。

ゆっくりと車に近付き、助手席の窓をコンコンと叩いた。

運転席に座っていた関本が顔を上げる。

さくらが会釈をすると、関本が顎《あご》を振って、「乗れ」と合図をした。大きく頷いたさくらは、助手席のドアを開けて車に乗り込んだ。

シートに座ると、フロントガラスの向こうに、道仙教協会の建物が見えた。

高い塀に囲われているが、軒が跳ね上がっている独特の屋根に、赤い瓦《かわら》が載っている。いかにも中国風の建築物だ。

詳しいことは分からないが、柱にしても、壁にしても、豪華絢爛《けんらん》という言葉がしっくりくる造りだ。

「凄い建物ですね」

さくらが口にすると、関本が目を細めて頷いた。

「ああ。建物の豪華さもだが、セキュリティーも相当に厳重だぞ」

「セキュリティーですか？」

「防犯カメラが確認できているだけで八台。塀の上の有刺鉄線には、電流が流してある。窓には鉄格子が嵌められているし、出入り口のドアは、全部静脈認証式の電子ロックってな具合だ」

万全のセキュリティーだ。あの山猫であったとしても、簡単に侵入することはできないだろう。だが――。

「ちょっとやり過ぎですね」

さくらは、驚きとともに口にした。

「まったくだ。あれじゃや、宗教団体の施設っていうより、要塞《ようさい》だな」

関本の言葉は、決して言い過ぎではない。

電流を流した有刺鉄線や、静脈認証のドアなどは、防犯の域を超えているような気がする。

色々と報告したいことはあるのだが、協会の建物を見たせいか、こちらの進捗《しんちょく》状況の方が気にかかった。

「何か摑めましたか？」

さくらが訊ねると、関本が露骨に嫌な顔をした。

「さっぱりだ」

「え？」

関本の投げやりな口調に、違和感を覚える。

「件の協会の聞き込みをしてみたが、これといった情報は得られなかった。本丸に接触してみたんだが、厄介な奴がついていてな……」

「厄介？」

「ああ。坂崎とかいう顧問弁護士だ」

「坂崎って、人権派で鳴らしている、あの坂崎ですか？」

さくらが問うと、関本は大きく頷いてみせた。

坂崎法律事務所のトップを務める人物で、以前から人権を盾に、何かと警察を目の敵にしている男だ。

重箱の隅を突《つっ》くように、違法捜査だ、越権行為だと、クレーマーのような物言いを付けてくる。

それだけでなく、坂崎はテレビのワイドショーのコメンテーターも務めている。

一般認知度が高い上に、メディアにコネを持っているというのも、彼が厄介である要因の一つだ。

「毎度のことだが、色々と難癖を付けてきて、協会への立ち入りを拒否された。バッジが落ちていたのは、犯行現場ではない。そんな脆弱《ぜいじゃく》な理由で犯人扱いするのか——って凄い剣幕だった」

関本は、苦笑いとともに言う。

「無視すれば、いいんじゃないんですか？」

難癖を付けられたからといって、尻込みしているようでは、刑事は務まらない。

マスコミを使って、警察批判を繰り広げられたとしても、手を拱いていては、何も始まらない。

「まあ、クレームだけならな」

「と、いうと？」

「坂崎が厄介なのは、警察上層部にパイプがあるってことだ」

「パイプ？」

「何でも、警視総監と同窓生なんだとよ」

　ほとほと厄介な男だ。

「もしかして、上層部から圧力が？」

「ああ。件の協会との直接的な接触は、避けろってよ」

　関本は、吐き捨てるように言うと、ライターで煙草に火を点けた。

　白い煙が、みるみる車の中に充満する。

「面倒ですね」

「まったくだ。お陰で、こちとら動向を探るために、張り込みってわけだ」

　再び、関本が協会の本部に目を向ける。

　こうやって改めて見ると、何とも不気味な佇まいをした建物だ。

「関本さんの感想としてはどうです？」

「何とも言えんな……」

　含みを持たせた言い方だった。

「と、いうと？」

「周辺の聞き込みの結果では、連中が近隣の住民とトラブルを起こしたことはない」

「大人しい団体ってことですか？」

　事前情報では、公安も特段のマークはしていなかったという話だし、危険な思想を持ったグループではないということなのかもしれない。

「ああ。だが、大人し過ぎるんだよ」

「え？」

「連中は集会を開いたり、布教活動をしている様子がないんだ。ずっと、張り込んでいるが、人の出入りもほとんどない」

「宗教団体として、どうなのかってことですね」

「そういうことだ」

関本は、吸いさしの煙草を、いっぱいになった携帯灰皿に、強引にねじ込んだ。

「何かありそうですね」

「そう思うが、向こうが尻尾《しっぽ》を出さないことには、どうにもならん」

関本が、腕組みをしてフロントガラスの向こうを睨み付けた。

思うように捜査ができないことに、苛立っているようだ。関本は、犬井のように、いつまでも現場を飛び回っている方が向いているのだろう。

「それで、そっちはどうだ？」

関本に訊ねられ、さくらは一瞬、言葉に詰まった。

色々とあり過ぎて、何から説明したらいいのか分からないというのが本音だ。だが、黙っていたところで、何も始まらない。

さくらは、これまでの経緯を、簡潔に関本に説明した。

さらに、あのビルで発見された携帯電話は犬井の物であり、付着していたのは、人間の血液であったことも言い添えた。

「犬井が行方不明ってことか――」

関本が、唸るような声で言った。

「はい」

「厄介なことになってるな」

「そうなんです。私としても、どこから手を付けていいのか分からなくて……」

犬井の行方はもちろん、現場近くにいた猿のお面の男のことも引っかかる。さくらの許に届いたメールは、いったい誰が発信したものかも不明のままだ。

「それで、お前はどう考えている？」

「防犯カメラを洗ってみようかと思っています」

「防犯カメラ？」

「はい。ビルの近くにコインパーキングがありました。もし、あの場所に防犯カメラが設置してあれば、ビルで何が起きたのか映っているかもしれません」

「分かった。何人か、そっちに回そう」

「ありがとうございます」

さくらが、頭を下げたところで、コンコンと窓ガラスがノックされた。

目を向けると、そこには一人の男が立っていた。

いかにも高級そうな、仕立てのいいスリーピースのスーツを着て、髪をオールバックに固めている。

知的な雰囲気を醸し出しているが、細められた目は、あからさまに他人を見下していた。

「警察の方ですよね」

男は、柔和だが、粘着質な口調で言った。

「何か？」

関本が訊ねる。

「まだ、私の顧客を疑っていらっしゃるのですか？」

その一言で、この男が何者か分かった。

さっきも話題に上った弁護士の坂崎だ。

「そういうわけではありません」

関本が答えると、坂崎は呆れたようにため息を吐いた。

「では、なぜこんなところで張り込みをしていらっしゃるんですか？　総監には、節度ある対応をするよう、お願い申し上げていたんですがね……」

「私たちは、違法捜査をしているわけではありません」

さくらが主張すると、坂崎はギロリと目を剝いて睨み付けてきた。

「ろくに根拠も物証もない状態で、あらぬ嫌疑をかけた上に、近隣住民の迷惑も顧みず、張り込みをして、四六時中行動を監視する――こんな捜査が、まかり通るとでも思っているんですか？」

「私たちは……」

反論しようとしたさくらだったが、関本に腕を摑まれた。

「分かりました。すぐに引き揚げます。それでいいですね」

関本が、念押しするように言うと、坂崎は「分かればいいんです」と、高圧的に言ってから、その場をあとにした。

「本当に、頭にくる！」

さくらは、怒りを爆発させた。

弁護士の中には、警察を目の敵にする連中が数多くいる。本人たちは、正論を並べているつもりかもしれないが、それだけでは割り切れないことがたくさんある。

それなのに——。

「もういい。放っておけ。あんな男と関わるだけ、時間の無駄だ」

関本が苦笑いを浮かべながら言う。

「悔しくないんですか？」

「悔しいさ。だがな……」

関本の言葉を遮るように、携帯電話の着信音が響いた。

「関本だ——」

電話に出た関本の表情が、みるみる強張《こわば》っていく。

「何があったんですか？」

関本が電話を切るなり、さくらは身を乗り出すようにして訊ねる。

「犯人が自首してきたそうだ」

「え？」

あまりに突然のことに、さくらは目を丸くした。

12

夕闇が迫る中、勝村が足を運んだのは、新宿にある映画館だった――。

現在は、耐震補強工事中で、足場が組まれ、外壁は落下防止のパネルで覆われている。

連中との取引場所として、山猫が選んだのがここだった。

勝村は、建物を見上げてため息を吐く。

煌《きら》びやかなネオンが瞬き、喧噪に塗《まみ》れているが、この中に入ったら、完全に人目から隔離されることになる。

繁華街に生まれた、ブラックホールのようなものだ。

人目に付かず取引をするのには、恰好の場所かもしれないが、逆に危険を招いているような気がしてならない。

〈そうビビるなよ〉

耳に仕込んだイヤホンマイクから、山猫の声が聞こえてきた。無線機を介して、やり取りができるようになっている。

「ビビりたくもなるよ」

〈安心しろよ。ちゃんと見ててやるから〉

「見てるって、いったいどこからだよ」

勝村は、半ばうんざりしながらも口にする。

こういうときの山猫の言葉は、どうにも説得力に欠ける。

〈ここだよ。ここ――〉

「どこ?」

見回してみたが、その姿を見つけることができない。

〈ラ・マンってホテルの屋上だ〉

言われて視線を走らせると、近くに〈ラ・マン〉という看板を掲げたラブホテルがあった。

その屋上に、立っている男の姿が確認できた。

顔までは判別できないが、おそらくは山猫だろう。隣には、名門女子高校の制服を着た女の子の姿もある。みのりだ。

「まさか、女子高生を連れて、ラブホテルにいるとはね」

勝村が口にすると、山猫がふんっと鼻を鳴らして笑った。

〈何度も言うが、おれはガキに興味はねぇ〉

〈ガキ扱いするの、止めてください〉

〈だったら、もっと色気を身に付けることだな〉

山猫とみのりのやり取りに、勝村は思わず笑みをもらした。

少しだけではあるが、緊張が解《ほぐ》れたような気がする。もちろん、二人にその気はないだろう。

「本当に大丈夫かな？」

〈何がだ？〉

「向こうが、素直に取引に応じるとは思えないけど……」

勝村が言うと、山猫が声を上げて笑った。

「何がおかしいんだ？」

〈これはビジネスだ。つまらねぇ騙《だま》し合いをしたところで、無駄だってのは、連中も分かってるさ〉

「本当にそうかな？」

〈安心しろ。奴らが欲しい物は、こっちが握ってんだ。こっちの方が、有利なんだよ〉

山猫は軽く言うが、それこそが問題だ。

「でも、これって……」

勝村はポケットに手を突っ込んで、その感触を確かめる。

プラチナの指輪が入っているが、それは彼らが求めている〈猿猴の月〉の鍵ではない。

里佳子が精巧に造った偽物だ。

もし、バレたりしたら、サツキが戻ることはないし、勝村の命も危うくなるだろう。

〈大丈夫だ。バレる前にガキを連れて、とんずらする〉

山猫が軽い口調で言った。

それこそが、今回の計画だ。向こうが現れた段階で、取引を開始する前に山猫とみのりが動き、サツキを奪還する。

〈安心して。同志のことは、ぼくが守るから〉

無線を通して、細田の声がした。

ここからでは見えないが、細田と里佳子も監視の目を光らせていて、勝村の逃亡を手助けすることになっている。

「それでも不安だよ」

〈ごちゃごちゃ言ってねぇで、さっさと行け。あの娘を助けたいって言ったのは、お前だろうが〉

山猫が、まくし立てるように言った。

彼の言う通り、サツキを助けると主張したのは、勝村自身なのだ。今さら、後戻りなどできない。

勝村は、覚悟を決めて建物の中に入った。

暗くて何も見えない。

勝村は、ペンライトを使って辺りを照らす。

かつてロビーだった場所だ。壁も天井も取り払われ、梁が剝き出しになり、配線があちこちから飛び出していた。

通路を抜け、両開きの扉を押し開ける。

中は、まだ作業が始まっていないようだ。二百席ほどの座席が整然と並び、正面にスクリーンが設置されたままになっていた。

勝村は、スクリーンの前まで歩みを進めた。

この先、どうすればいいのか——考えを巡らせる勝村の耳に、靴音が響いた。

視線を向けると、映画館の扉が開き、一人の男が姿を現した。

孫悟空のお面を被った男だ。

タイミング的に、勝村が映画館に入るのを、じっと待っていたのだろう。

「お前が山猫だったのか？」

孫悟空のお面の男が問う。

残念ながら、作戦があるので、今は素性を明かすわけにはいかない。曖昧《あいまい》に頷いてみせる。

「まずは、そっちの持っている品物を提示してもらおう」

本当は、今すぐにでも逃げ出したいところだが、震える身体を無理矢理抑え付けながら言った。

「いいだろう」

孫悟空のお面の男が、指を鳴らして合図をすると、猿のお面の男二人が、サツキを連れて映画館の中に入ってきた。

勝村の姿を見た少女は、怪訝《けげん》な表情を浮かべる。

「そっちも品物を出せ——」

孫悟空のお面の男が言う。

勝村は、ポケットの中から指輪を取り出し、それを掲げてみせた。

「それが〈猿猴の月〉の在処を示す鍵か？」

「そうだ」

「ダメです！　それは……」

サツキが叫んだが、すぐに猿のお面の男たちに、口を塞《ふさ》がれてしまった。

「こちらに渡してもらおう」

孫悟空のお面の男が、すっと手を差し出す。

「彼女を解放するのが先だ」

「交渉できる立場だと、思っているのか？」

孫悟空のお面の男の声が、映画館の中で幾重にも反響した。

何だか、とてつもなく嫌な予感がした。

「どういう意味だ？」

「まさか、真っ当なビジネスをするとでも、思っていたのか？」

「え？」

「悪いが、端《はな》からあんたと取引をするつもりはないんだよ」

孫悟空のお面の男が、さっと手を上げて合図を送ると、四ヵ所ある映画館の扉が次々と開き、十人近い男たちが雪崩れ込んで来た。

――やっぱり。

「さあ、大人しく渡せ」

孫悟空のお面の男が、迫るように、さらに手を差し出す。

「嫌だと言ったら？」

「別に構わん。殺してから奪うだけだ」

孫悟空のお面の男が静かに言った。

怒鳴ったわけでも、威圧したわけでもない。それ故に、余計に恐ろしく感じる。この男は、人間として必要な感情が欠落しているのかもしれない。

猿のお面の男たちが、じわじわと勝村との距離を詰めてくる。

――このままではヤバイ。

そう思ったとき、どこからともなく、歌が聞こえてきた。

〈モォ～ンキィィ～マァ～ジック～モォ～ンキィィ～マァ～ジック～〉

音程もリズムもめちゃくちゃだが、ゴダイゴの〈MONKEY MAGIC〉だろう。

普段聴いたら、耳障りな歌だが、こういうピンチの場面では、何よりも心強い。

策を講じていたのは、孫悟空のお面の男だけではない。こちらも、それなりに手を打ってある。

〈モォ～ンキィィ～マァ～ジック～〉

猿のお面の男たちが、何事かと辺りを見回す。

と――天井から、筒状の物体が落ちてきた。一つではない。全部で十個はあるだろう。

猿のお面の男たちが身構える。

床に点々と転がった筒状の物体が、ボンッと音を立てながら次々と破裂して、白い煙を噴射する。

煙に巻かれた猿のお面の男たちは、目を押さえてゴホゴホと噎《む》せ返る。

それは、勝村も例外ではなかった。

目に強烈な痛みが走り、呼吸をするのもままならず、その場に屈み込んで噎せ返る。

どうやら、山猫は催涙弾を使ったらしい。

煙に動揺している間に、少女と勝村を救出するという作戦なのだろう。

猿のお面の男たちが、口々に何か叫んでいるが、日本語ではないので、聞き取ることはできない。

大方、思いつく限りの罵詈《ばり》雑言を並べているのだろう。

しばらく、混沌《こんとん》とした状況が続いたが、次第に煙が薄くなり、呼吸も幾分楽になってきた。

勝村は、目をこすりながら辺りを見回す。

「あれ？」

思わず声を上げた。

てっきり、山猫が助けてくれるものとばかり思っていた。それが、猿のお面の男たちに囲まれてしまっていた。

そればかりか、正面には孫悟空のお面の男が立っている。

「山猫は一匹狼だと聞いていたが、仲間がいたというわけか――」

孫悟空のお面の男が言った。

意外なことに、そこに悔しさや怒りはなかった。ただ、事実を淡々と話しているといった感じだ。

「あっ、いや……」

孫悟空のお面の男は、大きな勘違いをしている。

残念ながら、勝村は山猫ではない。

「仲間が、あの小娘を助け出したのはいいが、本人が逃げ遅れたのでは、形無しだな」

孫悟空のお面の男が、ずいっと顔を近付けてくる。

どうやら、サツキの奪還には成功したらしい。だが、だとしたら、なぜ勝村を救出しなかったのか？

「えっと……」

「まあいい。これは頂いておこう」

孫悟空のお面の男が、勝村の手からプラチナの指輪を奪い取った。

奴らは、少女を失ったものの、欲していた物を手に入れた。そうなると、自分はどうなってしまうのだろう？

考えを巡らせた勝村が行き着いたのは、最悪の結末だった。

案の定、孫悟空のお面の男が、拳銃を抜いてその銃口を勝村の額に向ける。

「ちょっと待って！　ぼくは……」

「黙れ」

孫悟空のお面の男が、勝村の言葉を遮った。

これまでの冷静さが嘘のように、怒りと憎しみに満ちた荒々しい声に、勝村は息を呑んだ。

――殺される。

勝村は、それを覚悟して目を閉じた。

Midnight on the second day

二日目・深夜

最悪の夜

1

「勝村さんを、早く助けに行かないと!」

みのりは、ハイエースの後部座席から身を乗り出し、焦りとともに叫んだ。

しかし、山猫は何食わぬ顔で、鼻歌など歌いながら、運転席で軽快にハンドルを捌《さば》いている。

連中が現れたところで、催涙弾を投入し、混乱しているうちにサツキを助け出すところまでは、計画通りだった。

そのあと、別働隊の里佳子と細田が、勝村を救出する手はずになっていた。ところが、サツキをハイエースに乗せたところで、細田の悲痛な叫びが無線に飛び込んできた。

〈ダメだ。数が多すぎる! これじゃ助けられない!〉

それに対して、山猫は無情な一言を放った。

「撤収――」

山猫は、そのまま車をスタートさせてしまった。

隣に座る少女は、何が起きているのか理解していないらしく、ただ困惑した表情を浮かべている。

「待って下さい! まだ勝村さんが……」

「ギャンギャン騒ぐな」

山猫は耳に指を突っ込んで、うるさいとアピールする。

どうして、こうも平然としていられるのか分からない。山猫にとって、勝村は友人のはずだ。それが、得体の知れない連中に捕らえられているのだ。

みのりが、そのことを主張すると、山猫が声を上げて笑った。

「おれとあいつが友だちだって？　バカなこと言ってんじゃねぇ」

「え？」

「あんな鈍臭いアホが、友だちなわけねぇだろ」

「そんな……」

あれだけ仲が良さそうだったのに、まやかしだったとでも言うのだろうか？

「まあ、あいつに限らず、おれに友だちはいねぇよ」

吐き捨てるように言った山猫だったが、その表情に一瞬だけ影が差した。

――何で、そんな目をするの？

幼い頃に助けられたあの日から、みのりにとって山猫は完全無欠のヒーローだった。

窃盗犯ではあるが、父が貫いた任侠《にんきょう》と同じように、弱きを助け、強きを挫《くじ》く、義賊だと考えていた。それなのに――。

「違う！」

みのりは、考えるより先に声に出していた。

「あん？」

「ルームミラー越しに、山猫が表情を歪《ゆが》めるのが見えた。

「そんなこと言って、本当は勝村さんを助けるために、何か作戦があるんですよね」

そうに違いない。不自然な考えであるとは思うが、そう信じなければ、何もかもが納得できない。

「そんなもんねぇよ」

山猫は、肩をすくめるようにして言った。

「じゃあ今から、それを考えるんですね」

「どうして？」

「どうしてって……そうしないと勝村さんが……」

「甘いことを言ってんじゃねぇ。あいつだって、こうなることを承知で、事件にかかわったはずだ」

「そうは思えません！」

少なくとも、勝村は山猫のことを信頼していたはずだ。

だから、これまで山猫のことを警察に密告したりしなかった。みのりだって、それは同じだ。

「いつまでも、泣き言を言ってんじゃねぇ。欲しい物は手に入った。あとは、おれには関係のないことだ」

「そんな……」

沈みかけたみのりだったが、頭《かぶり》を振って考えを改めた。

やっぱり納得できない。

「十年前、私を助けてくれたじゃないですか。それに、この前だって！　いい加減、自分を偽るのは止めてください！　山猫さんは、このまま勝村さんを放っておける人じゃありません！」

みのりが強く主張すると、山猫は急ブレーキを踏んで車を停めた。

慣性の法則が働き、みのりは前の座席に頭をぶつける。後続車が走っていたら、接触事故を起こしていたところだ。

みのりが、抗議の視線を向けると、山猫がゆっくりと振り返った。

細められた目には、普段の気怠《けだる》さも、快活さもなく、身震いするほど冷たい光が宿っていた。

これが、山猫の本質――そう思うと急に恐ろしくなり、みのりはゴクリと喉《のど》を鳴らして唾《つば》を呑み込んだ。

「いいか。この際だから、はっきり言っておく。お前が、おれに対してどんなイメージを持っているか知らんが、これがおれのやり方だ。おれにとって勝村は、友人でも仲間でもない。駒に過ぎないんだ」

「駒って……」

「過去に縛られて、おれをお前のイメージの中に閉じ込めるんじゃねぇよ」

山猫の言葉を受け、みのりの中にある思い出が、ガラガラと音を立てて崩れ去った。

――そうかもしれない。

十年前のあのときも、山猫は「ついでに助けてやる」と言ったのだ。

決してみのりを助けに来たわけではない。

いつか、自分の駒として利用する為に、暴力団組長の娘を助けて恩を売った――というだけなのかもしれない。

そうとは知らずに、みのりは記憶の中の山猫を美化した。その結果がこれだ。

「どうする？」

山猫が、マッチを擦って煙草に火を点《つ》けながら告げる。

「え？」

「嫌なら、降りてもいいんだぜ」

「私は、あなたのことを警察に密告するかもしれませんよ」

「好きにしろ」

「止めないんですか？」

「当たり前だ。おれは、ただの一度だって、お前らに何かを強要した覚えはない」

煙草の煙が車内に充満していく。

これまで気にならなかったのに、急にその臭いが鼻についた。

「分かりました」

みのりは、車を出て行こうとドアに手をかけた。

が、そこで動きを止めた。

自分に向けられた視線を感じたからだ。サツキだった。彼女は、今も何が起きたか分からず、混乱して怯《おび》えているようだった。

——私と一緒だ。

みのりはそう感じた。自分も、かつてこの少女のように、訳も分からず拉致《らち》された経験がある。父と敵対する暴力団組織の仕業だった。

あのときの不安は、筆舌に尽くしがたい。

だからこそ、山猫が助けに来てくれたとき、心底ほっとしたし、憧《あこが》れを抱きもした。

このまま、サツキを残して出て行くということは、彼女をあのときの自分と同じように一人ぼっちにするということだ。

「どうした？　行くんだろ？」

山猫が促す。

「いいえ。私は見届けます」

みのりは、そう言ってシートに座り直した。

何が起こるか分からないからこそ、自分は山猫の行動を見届けなければならない。そんな気がした。

こじつけかもしれないが、山猫と行動していた方が、勝村を救出するチャンスも得られるように思う。

「後悔すんなよ」

山猫は、ニヤリと笑うと再び車をスタートさせた。

なぜだろう？　まんまと山猫の掌《てのひら》の上で踊らされている気がする——。

2

さくらは、マジックミラー越しに、自首してきた男の供述を聞いていた——。

倉持孝弘《くらもちたかひろ》。年齢二十六歳。

髪はぼさぼさで、素朴な顔立ちをした、垢抜《あかぬ》けない印象のある男だった。

倉持は、秋田県の出身で、役者を目指して上京したらしい。最初は、劇団に入ったのだが、先輩と折り合いが悪く、一ヶ月足らずで辞めた。

そのあと、芸能事務所に所属しようと活動していたが、結果は芳しくなく、日雇いのバイトをしながら食いつないでいたらしい。

被害者とは、事件当日に居酒屋で知り合った。意気投合し、店を出て部屋で呑み直すことになったが、その道すがらあの工場に立ち寄った。そこで口論となり、殺したということだった。

凶器の拳銃《けんじゅう》は、被害者が持っていたものらしい。口論になったとき、被害者が拳銃を抜いた。揉《も》み合いになり、気付いたときには、被害者が倒れていた。

死体を燃やしてしまおうと工場に火を点けたところ、火災が大きくなり、慌てて逃げ出したというのが、倉持の供述のあらましだった。

「どう思う？」

隣に立つ関本が、苦い顔をしながら訊《たず》ねてきた。

「どうもこうもありませんよ。こんなの納得できるわけないじゃないですか」

さくらは、怒りとともに口にした。

会ったその日に、口論になって人を殺すというのは、どうにも違和感がある。しかも、倉持は、被害者の名前すら知らないという始末だ。おまけに、工場に立ち寄った理由が曖昧《あいまい》だ。

それに、気付いたら被害者が倒れていたと供述しているのも引っ掛かる。しかし一発なら暴発ということも考えられるが、そうではない。

揉み合っている間に、四発もの銃弾を発射したというのは、さすがに無理がある。あくまで勘に過ぎないが、今回の事件は、単なる口論からの喧嘩《けんか》という類《たぐ》いのものではない気がする。

もっと根深い何かが蠢《うごめ》いている——そう思えてならなかった。

「つまり、奴は嘘を吐いていると?」

「ええ」

「だが、居酒屋の店主の証言があるぞ」

そこが問題だった。

すぐに捜査員が確認を取ったところ、居酒屋の店主は、確かに事件当日、倉持が店に来たと証言した。

別の客と意気投合し、店を出て行ったところも見ていた。倉持の語った内容と一致する。

「しかし、相手が被害者であるかどうかは、確認が取れていません」

現在に至るも、被害者の身許《みもと》は確認できていない。つまり、そのとき、倉持と一緒に店を出たのが、本当に被害者かどうかは、分からないのだ。

「逆に、被害者でないと言い切ることもできない」

「そうですが……」

「それに拳銃のこともある」

関本が重い口調で言った。

倉持は自首する際、警察に所持していた拳銃を渡した。トカレフだった。

科捜研が、弾丸の線条痕《せんじょうこん》を調べた結果、犯行に使われた拳銃であるとの確認が取れた。凶器を所持していたのだから、決定的な証拠と言っていい。

「じゃあ、関本さんは、納得しているんですか？」

論拠を失ったさくらは、感情論で関本を問い詰めた。

「納得はできんな。証拠は揃ってるが、不自然な点が多すぎる。だが、上は捜査本部を畳むって話だ。あとは、被害者の身許解明に、全力を尽くすってとこだろうな」

関本は、それだけ言うとため息を吐いて部屋を出た。

「ちょっと待ってください」

さくらも、すぐにあとを追いかける。

関本は、廊下の壁に寄りかかり、何かを考えるように視線を漂わせていた。

「どうするつもりですか？」

さくらが訊ねると、関本が小さく笑みを浮かべる。

「犬井の気持ちが分かるよ」

「え？」

「自由に捜査できねぇってのが、こんなにも息苦しいとはな」

「そうですね……」

「嫌になるよな」

「はい」

「まあ、ここで諦《あきら》めるつもりはねぇけどな」

関本がぽつりと言った。

その目には、かつてのような、ギラギラとした光が宿っていた。

「どういうことです？」

「お前が頼りだってことだ」

「私？」

「犬井の失踪《しっそう》と、今回の事件は、必ずつながっている。その線を辿《たど》れば、真犯人に行き当たるかもしれん」

関本は、失踪した犬井を捜すことを口実に、事件捜査を続けるつもりのようだ。

この執念深さあってこその関本だ。

「そうですね」

さくらは、力強く頷《うなず》いた。

だが、問題が解決したわけではない。事件の糸口は、まだ何一つ摑《つか》めていないのだ。

そう思った矢先、さくらの携帯電話にメールが入った。

──もしかして。

すぐに携帯電話を確認する。やはりそうだ。ビルにさくらを呼び出したのと、同じアドレスからのメールだ。

〈お話ししたいことがあります。以下の場所でお待ちしています──〉

メールの本文の下に、場所を示すURLが貼り付けてあった。

「どうした？」

関本が訊ねてくる。

さくらが、簡潔に事情を説明すると、関本は目を細めて顎《あご》に手をやった。

おそらく考えていることは、さくらと同じだろう。

3

勝村が目を開けたのは、薄暗い部屋だった――。

椅子に座らされ、両手を後ろに回された状態で、手錠をかけられている。動こうと思ったが、これではそれもままならない。

頭部に残る痛みとともに、記憶が蘇《よみがえ》ってくる。

サツキと〈猿猴《えんこう》の月〉の鍵《かぎ》を取引するため、工事中の映画館に足を運んだまでは良かった。が、そのあと山猫に置き去りにされてしまった。

結果としてこの様《ざま》だ――。

考えを巡らせている間に、正面にある鉄製の扉が開き、一人の男が部屋に入ってきた。

孫悟空のお面を被《かぶ》った、あの男だ。

「改めまして、勝村君――」

孫悟空のお面の男は、向かいの椅子に座りながら言った。

「え?」

なぜ、名前を知っているのか?

映画館でのやり取りでは、勝村のことを山猫だと思っている風だったのに——。

勝村の疑問などお構いなしに、孫悟空のお面の男は話を続ける。

「残念だったな。山猫は、君のことを見捨てた」

「………」

それは、言われるまでもなく分かっている。

だからこそ、勝村は、こうして囚《とら》われの身となってしまったのだ。

「仲間に裏切られたというのに、あまり驚かないんだな」

「別に、ぼくと山猫は、仲間じゃありませんよ。それに、向こうは窃盗犯です。昔から言うじゃないですか。泥棒を信用するなって……」

勝村が言うと、孫悟空のお面の男は声を上げて笑った。

「雑誌記者にしては、ずいぶんと肝が据わっているな」

「これでも、充分に怖がってますよ」

嘘ではない。昔から、あまり自分の感情を表に出して主張する方ではない。

父が死に、親戚《しんせき》の家に預けられてから、ずっと周囲の顔色をうかがう生活を続けてきたのがその理由だ。

「演技はいい。偽物を持って、取引に応じようとしていたんだ。臆病者《おくびょう》にはできない芸当だ」

孫悟空のお面の男は、そう言うと二人を隔てるテーブルの上に、プラチナの指輪を置いた。

どうやら、取引に偽物を持ってきたことは、バレてしまっているようだ。とはいえ、簡単にそれを認めるわけにはいかない。

安易に認めたら、殺されてしまうかもしれない。

「なぜ、偽物だと思うんです？」

「山猫が、そう言っていたんだよ」

「え？」

「さっきから、おかしいと思わないか？　私たちが、なぜ君の素性を知っているのか？　なぜ、これが偽物だと知っているのか？」

確かにそうだ。

どうして、この男は断定的な話し方をすることができるのだろう？

「君は、疑問を抱かないのか？」

孫悟空のお面の男は、冷淡な口調で訊ねてきた。

「何に——です？」

「我々が、なぜ奪われた小娘を追わないのか？」

その言葉を聞くなり、勝村の脳裏に嫌な考えが過《よ》ぎった。

――いや、そんなはずはない。

強く否定してみたが、それでも、一度芽生えた不安が消えることはなかった。感情論で否定しているに過ぎないことを、自分でも分かっているからだ。

「あなたたちは……」

「我々は、あの小娘を山猫が奪還に来ることを分かっていたんだよ」

「つ、強がりですよね」

声が上ずってしまった。

「さらに言うなら、我々は、敢《あ》えて山猫に、あの小娘を奪還させたんだよ。もちろん、渡される品物が偽物だということも承知していた」

「どうして、そこまで……」

「君は、どうせ死ぬ人間だ。面白いことを教えてやろう」

「面白いこと？」

「三猿のことは、知っているね。私は、三猿のメンバーの一人、聞か猿だ」

――この男が。

勝村は、喉を鳴らして息を呑み込んだ。

才能のある若きハッカーで、ありとあらゆる情報を操ったといわれる人物。

「その聞か猿が、何でこんなことをしているんです？」

「復讐《ふくしゅう》なんだよ。これは――」

「復讐？」

「十年前――我々は、中国マフィアの青門《せいもん》会に目を付けられた」

青門会といえば、中国マフィアの中でも、武闘派として名を馳《は》せた連中だ。

元々は水運業のギルドだったが、時代の流れとともに変革し、闇社会を代表する組織へと変貌《へんぼう》を遂げた。

麻薬、賭博《とばく》、売春から人身売買まで手広く商売を行い、目的の為なら手段を選ばない危険な連中だ。

日本でも新宿を中心に幅を利かせ、様々な事件を引き起こしてきた。

「何で、青門会なんかに目を付けられたんです？」

「〈猿猴の月〉だよ」

「あなたが、探している物ですね」

「そうだ。当時、私は〈猿猴の月〉を青門会に売る為に、交渉を行っていた。ところが、見猿と言わ猿が、途中で裏切った」

「え？」

「結果として、私は青門会に捕らえられ、この様だ――」

男が孫悟空のお面を外した。

そこに現れた顔を見て、勝村は思わずぎょっとなった。

酷《ひど》い火傷《やけど》を負ったのだろう。顔の右半分ほどが、ケロイド状になっていた。それだけでなく、口の右側だけが、大きく裂けていた。

「うっ……」

勝村が表情を引き攣《つ》らせると、聞か猿はずいっと顔を近付けてきた。

「この顔を見ると、みな同じ反応をするよ」

聞か猿は、にいっと笑みを浮かべてみせる。

おそらく、青門会から相当凄惨《せいさん》な拷問を受けたのだろう。この男が抱える闇の一端を見た気がする。

「見猿と言わ猿は、私を裏切ったあと、自分たちを死んだことにして、青門会の目を晦《くら》ましたというわけだ。私は、生き残る為に、彼らに取り入った。私の能力は、彼らにとっても、有益なものだったようだ。今では、こうして幹部に収まっている」

聞か猿が、両手を広げて大仰に言った。

どうやら、猿のお面を被った男たちの正体は、中国マフィアの青門会ということのようだ。

青門会の連中なら、あれだけ荒っぽいことを平然とやってのけたのも頷ける。

「あなたは、その復讐をする為に戻ってきたということですか？」

「そうだ。最近になって、日本で見猿と言わ猿が生きているという情報を掴んだ。だから、私はこの国に戻ってきた。そして、手始めに見猿を殺した――」

おそらく、工場で発見された遺体は、見猿のものということだろう。

「次は、言わ猿を殺す——ということですか？」

「そうだ。ただ、復讐は、私の個人的な目的だ。私の組織は、十年経った今でも、〈猿猴の月〉を狙っている」

「〈猿猴の月〉とは、いったい……」

勝村には、それが分からなかった。

アジア最大ともいわれる犯罪組織の青門会が、十年経っても尚《なお》、欲して止まない物とは、いったい何なのか？

「それは、君が知るべきことではない。それより、話の途中だっただろ？」

——途中？

言われて思い出した。そもそもの話は、なぜ聞か猿が山猫の動きを読んでいたのか——ということだ。

「どうしてなんです？」

「君たちの中に、スパイがいるんだよ」

「スパイ？」

まったくもって、理解できなかった。

スパイをやるような人物に、心当たりがない。強いて言うなら、細田くらいだろうか。

「教えてあげよう。君が助けようとしたサツキという少女だ」

「そんな！」

勝村は、衝撃とともに聞か猿の言葉を受け止めた。

「彼女は我々のスパイなんだ。だから、山猫の動きが手に取るように分かるんだよ」

「………」

言葉が出なかった。

信じたくはないが、思い当たる節が無いわけではない。

「本当は、我々で〈猿猴の月〉を手に入れる予定だったんだが、見猿の一件で、警察が色々と騒がしくなってしまった。今も、張り込みの刑事が我々を監視している。そこで、面白い方法を思いついた」

そこまで聞けば、勝村にも聞か猿の意図が理解できた。

「山猫に、〈猿猴の月〉を探させる」

「そうだ。その上で、我々が頂くというわけだ。君は、それまで、生かしておいてやる。いざというとき、山猫との交渉に使えるかもしれないからね」

取り敢えず、今すぐに殺されることはないらしい。だが――。

「そんなことをしても無駄です。さっき、言ってたじゃないか。山猫は、ぼくを見捨てたって」

「本当にそうかな？」

「え？」

「あの男の行動は、常に言葉とは裏腹なんだ。何せ、信じるに値しない泥棒だからね」

聞か猿は席を立った。

それが合図であったかのように、四人の男たちが部屋に雪崩《なだ》れ込んで来た。勝村は強引に立たされ、そのまま部屋から連れ出されてしまった。

4

サツキは、バーのテーブル席に座っていた。

シックで落ち着いた雰囲気のバーで、革張りのソファーの座り心地も悪くない。にもかかわらず、サツキの気分は鬱々《うつうつ》としていた。

理由は単純明快だ。

ここ数日で、自分の置かれている状況がめまぐるしく変化し、思考がついていかないでいるからだ。

サツキの向かいのソファーに一人の男が座った。

昨晩、サツキが駆け込んだ〈ＳＴＲＡＹ　ＣＡＴ〉というバーのマスターだ。

煙草を吹かし、ソファーにもたれて気怠げな態度ではあるが、その眼光だけは、やけに鋭かった。

「少しは落ち着いた？」

そう言いながら、マスターの隣に制服を着た少女が腰掛ける。

サツキは、彼女にも会っている。男たちに追われているときに、突如として助けに入ってくれた。

「お前に、幾つか訊《き》きたいことがある」

マスターが、煙草を灰皿で揉み消しながら言う。

「ちょっと待って下さい。その前に、彼女に状況を説明した方がいいです」

口を挟んだのは、制服の少女だった。

マスターは不服そうにしていたが、顎を振って制服の少女を促した。

「私の名前は、黒崎みのり。一度、会ってるわね」

みのりと名乗った少女が、にっこりと微笑んだ。

サツキは、小さく頷いた。

あのときは、逃げることに必死で、礼も言わずに立ち去ってしまった。こういう場合、改めて感謝の言葉をかけるべきなのだろうが、今更という感じがして、口に出すことはできなかった。

「で、こっちの人は……」

そこまで言って、みのりはマスターに目を向ける。

「お前が捜していた山猫《つ》だ――」

マスターは、口の端を吊り上げて、小さく笑みを浮かべながら言う。

「え？」

昨晩は、黒ぶちメガネをかけた青年のことを、山猫と言っていたのに――。

「そう簡単に、素性を明かすわけねぇだろ」

言われて納得する。いきなり、見ず知らずの人物が、自分を捜しに来たからといって、伝説とまで謳《うた》われた窃盗犯が素直に素性を明かすはずがない。

「どうして、今になって？」

逆にそのことが引っかかった。

「猫は、気まぐれなんだよ」

まるで説明になっていないが、突っ込んで質問したところで、はぐらかされそうだ。

「じゃあ、あの人は……」

この人が山猫だとすると、昨晩、サツキを助けようとしてくれた人は、いったい誰なのかが気になった。

「あれは、ポンコツ雑誌記者の勝村英男君だ」

「もしかして……」

「映画館で、あの連中に捕まってしまったわ……」

みのりが苦い顔で言った。

これまでの会話で、何となく察してはいたが、やはりあの場で捕まってしまったようだ。

「私のせいで……」

サツキは、込み上げる無力感を嚙《か》み締めながら口にした。

「あなたの責任じゃないわ」

みのりが、サツキの手を握った。

「でも……」

「あなたは悪くない」

「いいえ。私が悪いんです」

「事情は分からないけど、そんな風に考えたらダメ」

「私は……」

言葉が出なかった。

本当なら、みのりの優しさに感謝しなければならないのだろうが、サツキにはその資格はない。

「今度は、こっちから訊きたいことがある」

山猫の視線を受け、サツキは息を吞み込んだ。

「は、はい……」

「お前は、見猿の娘——そうだろ？」

山猫が問いかけてくる。

「はい」

サツキは大きく頷いた。

父が、そう呼ばれていることを知ったのは、ほんの数日前のことだった。

サツキの母は、十年前に亡くなった。交通事故だった。それから、父と二人で暮らしてきた。

父は、時計職人で、大手メーカーの下請けとして働いていた。

かつては弟子も取っていたようだが、色々とあったらしく、常に一人で仕事をこなしていた。

無口で、冗談一つ言わない人だったが、それでもサツキは父のことが好きだった。黙々と作業をする父の背中を見ると、何だかほっとした。

質素だが、平穏な毎日だった。それが一気に変わってしまった。

「工場で発見された死体――あれが、お前の父親だな」

山猫が鋭い口調で言った。

「はい……」

そう言って、サツキは逃げるように視線を足許に落とした。

「それで、お前を追っている連中は何者だ？」

「詳しいことは分かりません。でも、リーダーの男は聞か猿――そう名乗っていました」

サツキは、大きく深呼吸をしてから答えた。

「やはり、そうか――」

山猫は顎に手をやり、にいっと笑ってみせる。

「お前にもう一つ、訊きたいことがある」

山猫は、そう言ってからテーブルの上に一枚の写真を置いた。

そこには、時計の歯車が写っていた。赤い色をしている。

「これは？」

「お前が持っていた指輪の中に入っていた」

「こんなものが……」

まさか、指輪の中に歯車が入っているとは思わなかった。

「この歯車に、ブラックライトを当てた写真が、これだ」

山猫が、写真をもう一枚テーブルの上に置いた。

さっきと形状は同じだが、青紫の光が当たり、歯車が発光している。そして、そこには文字が書かれているのが見えた。

〈ＭＯＮＫＥＹ〉

「これが、〈猿猴の月〉を手に入れる為のヒントだ。意味は分かるか？」

山猫が訊ねてくる。

サツキは、改めて写真に目を向ける。赤い時計の歯車に、〈MONKEY〉の文字――一見しただけでは何のことか分からない。

だが、サツキはピンとくるものがあった。

「レッドモンキーだと思います……」

サツキが口にすると、みのりが眉間《みけん》に皺《しわ》を寄せた。

「どういう意味なの？」

「そのままです。父が着けていた時計が、レッドモンキーというメーカーのものでした」

サツキが告げると、山猫が声を上げて笑った。

「とんだ盲点だったな。つまり、〈猿猴の月〉は、最初から見猿が持っていたってわけだ」

「その時計は、今どこに？」

みのりが訊ねると、山猫の顔から笑みが消えた。

「日本で、もっともセキュリティーが厳重な場所だ」

「それってどこですか？」

「分からないか？」

「分からないから、訊いてるんです」

「見猿は、工場で死体となって発見された。そのとき、所持していた時計は、今どこに保管してあると思う？」

「警察――」

みのりが、驚きの表情とともに口にした。

確かに、山猫の言う通り、日本でもっともセキュリティーレベルの高い場所だ。手に入れるなど、まず不可能と言っていいだろう。

「面白くなってきやがった」

サツキの心配を余所《よそ》に、山猫はいかにも楽しそうに笑った。

5

犬井の目の前に、一人の男が立っていた――。

背中を向け、何も語らず、ただじっと佇《たたず》んでいる。

――大きな背中だ。

犬井は、ぼんやりとそんなことを考えた。

その男は、黙したまま、ゆっくりとした歩調で歩き出した。

犬井は、慌ててその背中を追いかける。

だが、どんなに追いかけても、その背中に追いつくことはできない。追いかければ追いかけるほどに、遠ざかっていく。

やがて、何かに躓《つまず》き、犬井は前のめりに倒れてしまった。

犬井が躓いたのは、人の身体だった。

自分の母が、そこに倒れていた。

目を半開きにし、虚空を見つめていた。息をしていない。母の死体だった。

犬井は顔を上げる。

男の姿は、ずいぶんと遠ざかっていた。

――置き去りにされた。

そう感じると同時に、心にぽっかりと穴が空いたような感覚に陥った。それは、おそらくは孤独なのだろう。

犬井は、ゆっくりと立ち上がった。

男の姿は、尚も遠ざかっていく。

本当は行かないで欲しい。だが、その言葉が出てこなかった。

その代わりに、腹の底から、沸々と沸き上がるものがあった。怒り、あるいは憎しみの感情だった。

犬井は、それらの感情を支えに立ち、闇に向かって叫んだ。

獣のように、ただ叫んだ。

犬井は、自らの声によって目を覚ました。

コンクリートに囲まれた、無機質な部屋にある、ベッドの上に横たわっていた。

連中に殴られながら意識を失い、ここに運ばれてきたようだ。

犬井は、ゆっくりと身体を起こす。

身体の節々が、痛いと悲鳴を上げる。

「ぐっ」

犬井は痛みを呑み込み、小さく息を吐いた。

さっきまで見ていたのは、どうやら夢のようだ。ただの夢ではない。犬井の記憶が織り交ぜられたビジョンだ。

なぜ、あんな夢を見たのか——理由は明白だ。

自分の心の弱さを曝《さら》け出したようで、胸クソが悪かった。

「クソッ!」

呟《つぶや》いたところで、鉄製の扉の電子ロックが外れる音がした。

犬井は素早く身構える。

扉が開いたかと思うと、猿のお面の男たちが四人、部屋に入ってきた。また、犬井を拷問しに来たのかと思ったが、様子が違う。

彼らは、一人の男を引き摺《ず》るようにして、部屋に連れてきた。

連れて来られた男は、犬井と同じように両手を後ろに回され、手錠で拘束されていた。

猿のお面の男たちは、放り投げるようにして、その男を床に転がす。

その男は、慌てて立ち上がり、部屋から逃げ出そうとしたが、その前に鉄製の扉が固く閉ざされた。

それでも、その男は、必死に扉に体当たりを試みる。

ガンガンという音が犬井の耳に響く。痛みに苦しむ犬井にとって、不快この上ない音だ。

「無駄だ。止めておけ」

犬井が告げると、男が振り返った。

その顔を見て、犬井は心の底から驚愕《きょうがく》した。それは、向こうも同じだったらしく、黒ぶちメガネの奥で、目を皿のようにしている。

「勝村英男——」

犬井がその名を口にすると、勝村は苦い顔をした。

「まさか、こんなところで、犬井さんに会うとは……」

それは犬井も同じだ。

犬井は、じっと勝村を睨《にら》み付ける。

「なぜ、お前がここにいる?」

犬井が訊ねると、勝村が息を詰まらせた。

6

「何をするつもりですか？」

みのりは、困惑しながらも声を上げた。

「いちいち言わなくても、分かってるだろ」

山猫は、にんまりと笑いながら言う。

みのりの胸の内に、嫌な予感が広がっていく。

「もしかして……盗むんですか？」

みのりが訊ねると、山猫は「正解――」とマッチを擦って煙草に火を点けた。

まるで散歩にでも行くような気軽さで言っているが、いくら山猫とはいえ、そんな生易しいことではない。

「相手は警察ですよ」

「分かってる」

「失敗するかもしれないじゃないですか！」

「別に、お前らについて来いなんて言ってねぇよ」

――それは、そうなのだが……。

「そういう問題ではありません」

「じゃあ、どういう問題なんだ？」

「窃盗犯が、警察に盗みに入るなんて、正気の沙汰《さた》じゃありません」

みのりが強く主張すると、山猫が鋭い眼光で睨んできた。

「そんなことは、言われなくても、分かってんだよ」

「だったら……」

「言っておくが、〈猿猴の月〉を盗めなければ、勝村の命はないぜ」

「え？」

「そろそろ、奴らから連絡がくる頃だ」

山猫が言うのを待っていたかのようなタイミングで、スマートフォンの着信音が鳴り響いた。

たっぷりと間を置いてから、山猫はポケットからスマートフォンを取り出す。猿のお面の男から奪ったスマートフォンだ。

「そろそろ、電話がくる頃だと思ってたぜ」

山猫が電話に出る。

前のときと違い、スピーカーにしていないので、相手の声は聞こえない。だが、おそらくは、向こうのボスである聞か猿からの連絡だろう。

「それは、お互い様だろ……」

山猫が真剣な眼差《まなざ》しで、電話の相手と言葉を交わしている。

詳しい内容は分からないが、何かの取引をしているらしい。みのりは、息を殺して電話が終わるのを待つことしかできなかった。

やがて、「交渉成立だな――」と山猫が告げ、電話を切った。

「どうなってるんですか?」

みのりが訊ねると、山猫は苦い顔をしながら、煙草を灰皿で揉み消した。

「分かってんだろ。〈猿猴の月〉と、勝村を交換するのさ」

「なっ!」

「いいか。相手が、警察だろうと何だろうと、〈猿猴の月〉を手に入れない限り、勝村が生きて戻ることはない」

山猫がピシャリと言った。

色々とあり過ぎて、みのりは山猫を疑ってかかっていたようだ。彼が、勝村を見捨てるはずがない。

山猫は、勝村を救出する為に、危険を冒して警察に乗り込もうとしている。

だとしたら――。

「私にも、手伝わせてください」

黙って見ていることなんてできない。勝村を救う為に、自分にできることをやりたい。

「いいのか? 警察に捕まるかもしれないぞ?」

「構いません」

みのりは、キッパリと言った。

暴力団組長の娘として、世間からは散々白い目で見られてきた。今更、警察に捕まったところで、これまでと大差はない。

それに、以前の事件のとき、勝村は危険を顧みず、みのりを助けてくれた。

その恩を返すのに、絶好の機会ともいえる。

「自分を、粗末に扱うんじゃねぇよ」

そう言って、山猫はみのりにデコピンをした。

「え？」

「警察に捕まっても、構わないって言っただろ」

「はい」

みのりには、それだけの覚悟がある。

「失敗することを前提にしている奴は、必ずミスするんだよ」

「それは……」

「いいか。〈猿猴の月〉は頂く。勝村も取り返す。警察には、絶対に捕まらない。分かったな」

そう言って、山猫が立ち上がった。

――山猫の言う通りだ。

みのりは、これまで父親のことを言い訳に、自暴自棄になっていたのかもしれない。

尊敬していると口にしながら、それを声高らかに主張することなく、父の職業を隠し続けてきた。

学校でのこともそうだ。

自分の考えを口に出すことなく、学校内に流れる噂を否定するでもなく、どうせ誰も信じないと最初から諦めていた。

そんなことで、他者とまともな人間関係が築けるはずがない。

なぜ、理解してもらう為の努力をしなかったのだろう——と今更ながらに思う。

「そうですね。やれるだけやってみましょう」

みのりが、大きく頷くのと同時に、黙って聞いていたサツキが顔を上げた。

「私も——」

「え？」

「私にも、手伝わせて下さい」

サツキが、力強い口調で言った。

「でも、あなたは……」

「言いたいことは分かります。でも、やりたいんです」

サツキの目には、強い光が宿っていた。

それは、おそらく怒りからくるものだろう。彼女は、復讐にとり憑《つ》かれているのかもしれない。

そんな風に、考えてはいけない――そう言おうと思ったが、言葉が出てこなかった。かつて、みのりもサツキと同じ動機で、事件にかかわったことがある。彼女のことを否定することなど、できるはずがなかった。

7

勝村は、目の前にいる人物を見て、思わず絶句した。

特別捜査班の刑事、犬井だ。まさか、こんな場所で出会《でくわ》すとは、夢にも思っていなかった。

ウロボロスの事件のとき、勝村は犬井に追われ、散々な目に遭った。

そのときに味わった恐怖が、沸々と蘇る。

「なぜ、お前がここにいる？」

犬井が唸《うな》るような声で訊ねてきた。

狂犬と渾名《あだな》される犬井の前で、真実を口にするなど自殺行為に等しい。とはいうものの、下手な嘘を吐いたところで、見破られるのがオチだ。

「犬井さんこそ、何をしているんですか？」

勝村は、質問を返すという逃げに出た。

「見れば分かるだろ」

犬井は、鋭い眼光を向けたまま言う。

「分からないから、訊いているんです」

こうやって改めて目を向けると、犬井の顔には、あちこち痣《あざ》ができている。身体も重そうにしている。相当に、酷い目に遭わされたようだ。

「連中の罠《わな》に嵌《は》まったんだよ」

苦い顔で犬井が言う。

「連中って誰です？」

「三猿——」

「例の姿を消していた窃盗団ですよね……」

言ってから、しまったと慌ててみたが、もう遅い。

「なぜ、お前が三猿のことを知っている？」

犬井が、ギロリと目を剥《む》く。

おそらく、犬井は勝村を嵌める為に、敢えて三猿の名前を出したのだろう。まんまと引っかかってしまうとは、我ながら情けない。

「言え。なぜ、お前が三猿を知っている？」

犬井が、ずいっと顔を寄せてくる。

こうなったら仕方ない。中途半端な嘘を吐いても、見破られるだけだ。勝村は、大きく息を吐いて覚悟を決めた。

「昨夜《ゆうべ》、下北沢のバーで呑んでいたときに、猿のお面を被った集団に追われている少女に、出会ったんです」

「少女？」

「はい。中学生くらいの少女です。彼女は、山猫を捜していると言っていました」

「なぜ、中学生の少女が山猫を捜す？」

「詳しくは分かりません。でも、自分は猿の娘で、〈猿猴の月〉とかいう物を探しているって、そう言ってました」

犬井が、目を細めて勝村の顔色をうかがっている。

話の内容が、真実か否か、見極めようとしているのだろう。だが、ここまでは嘘は吐いていない。

犬井も、嘘ではないと判断したのか「続けろ――」と先を促した。

「少女を手伝ってあげようとしたんですけど、その前に、猿のお面を被った連中に襲われてしまったんです」

「それで？」

「この様です――」

勝村は、肩をすくめてみせた。

ほとんど嘘は吐いていない。途中の出来事を少しばかり、というかほとんど丸一日端折《はしょ》っただけだ。

「三猿のことは、どこで聞いた？」

「だから、その少女からです」

本当は山猫からだが、口が裂けても、そんなことは言えない。

冷静に振る舞っているつもりだが、声が震え、額に冷たい汗が浮かんだ。

犬井は、しばらく勝村を睨んでいたが、やがて諦めたのか小さくため息を吐いた。

「嘘だったら殺すぞ」

低く唸るような犬井の声に、勝村は心底震えた。

冗談ではなく、本当に殺されてしまいそうだ。真実を喋《しゃべ》れるはずもない。

「ぼくは答えました。犬井さんの方も、詳しく説明して下さい」

勝村が言うと、犬井が舌打ちを返してきた。

「お前なんぞに、話すことはない」

両腕を拘束され、囚われの身であるにもかかわらず、犬井は相変わらず犬井のままだ。

何にも屈しない孤高の存在といった感じだ。

「酷いな。ぼくばっかり……」

「立場をわきまえろ」

「え？」

「おれは刑事で、お前は山猫との関係を疑われている小悪党だ」

「小悪党って……」

どうやら、犬井はまだ勝村が山猫と通じていると疑っているようだ。

まあ、疑われるようなことをしているし、実際、山猫と通じているのだから、あまり偉そうなことは言えない。

「おれは、まだ山猫を諦めていない」

犬井がキッパリと言った。

志は刑事として素晴らしいものだが、勝村からしてみると、あまり心地のいいものではない。

このままいったら、いつか犬井に手錠をかけられる日がくるかもしれない。

「そんなことより、まずはここから逃げる方法を考えませんか？」

勝村は、犬井に向かって提案する。

話を逸《そ》らす狙いもあるが、それだけではない。今は生かされているが、このままだと、いつ殺されるか分かったものではない。

「いいだろう。ただ、抜け出したあと、もう一度、じっくり話を聞かせてもらうぞ」

「喜んでお話ししますよ」

勝村は、笑顔で答えながらも、内心は恐怖に震えていた。

「逃げようとしても無駄だからな」

「分かってますよ。まずは、これをどうやって外すか——ですね」

勝村は両手をつなぐ手錠に目をやった。

逃げ出す為には、色々と課題があるが、まずは手を自由にすることだ。それができなければ、何も始まらない。

「こっちに来い」

犬井が、顎を振って合図をする。

近付いたりしたら、いきなり噛みつかれそうな気がしたが、怯えていても始まらない。

勝村が歩み寄ると、犬井が、自分の靴の踵《かかと》で、コンコンと床を叩《たた》いた。

「何です？」

勝村が訊ねると、犬井は靴の踵を見ろ――と目で合図を送ってくる。

指示されるままに靴を見ると、踵の部分がわずかにずれているのが確認できた。どうやら、踵の部分に何かを隠し持っているようだ。

勝村は、犬井に背中を向けた状態でしゃがみ、手探りで彼の靴の踵の部分を探る。

無理な体勢だったので、相当に苦労したものの、犬井が靴に隠し持っていた物を取り出すことができた。

まさかのピッキングツールだった。

「何でこんなもの……」

勝村が言うと、犬井に睨まれた。

「何でかなんてどうでもいい。それを使っておれの手錠を外せ」

「無茶言わないでください。やったことないですよ」

「説明してやるから、やれ」

一喝され、勝村は大人しく頷いた。が、まだ気にかかることがあった。

「これ外したら、あとで捕まるなんてことはないですよね？」

「今、お前の首をへし折ってもいいんだぞ」

犬井の口から、とても警察官とは思えない脅し文句が飛び出した。勝村は、しぶしぶではあるが、指示に従うことにした。

8

さくらが足を運んだのは、渋谷《しぶや》にあるホテルの最上階のラウンジだった――。

謎の人物からのメールに従ったのだ。

自分から罠に嵌まりに行くような行為だが、釈然としない現在の状況の中では、他に手がない。

ウェイターに一人であることを告げると、窓際の席に案内された。

ソファーに腰掛け、窓の外に目を向ける。東京の煌《きら》びやかな夜景が広がっていたが、綺《き》麗《れい》と思う感情より、緊張の方が勝っている。

ウェイターに注文を問われ、さくらはアイスコーヒーを頼む。

〈来ると思うか？〉

耳に仕込んだイヤホンマイクから、関本の声が聞こえてきた。視線を向けると、少し離れた場所に座っている関本と水島の姿が見えた。さくらより先にラウンジに入り、スタンバイしていたのだ。

「分かりません。単なる悪戯《いたずら》かもしれませんし」

さくらは、小声で答える。

メールの差出人は、おそらくあのビルの近くにいた、猿のお面の男だろう。彼が、何者で、何をしようとしているのか、今に至るも分かっていない。

それでも、事件を解決する為には、謎の男の誘いに乗るしかない。

〈もしかしたら、あれを見せたかったのかもしれん〉

関本が、意味深長な口調で言った。

「あれ？」

〈ああ。奥の席を見てみろ〉

言われて、それとなく視線を向ける。そこにいたのは——。

「坂崎……」

さくらは、思わず眉《まゆ》を顰《ひそ》めた。

道仙教協会の顧問弁護士である坂崎が、なぜこの場所にいるのか？　いや、ラウンジにいること自体は、さほど問題ではない。

謎のメールによって、呼び出された場所にいるということに、作為を感じてしまう。

だが――。

「こんな回りくどい方法で、坂崎に引き合わせる意味は何ですか？」

〈お前の位置からは見えんだろうが、会っている男たちは、相当に問題だぞ〉

「どういうことです？」

〈おれの記憶が正しければ、坂崎が会っているのは、中国マフィア、青門会の幹部で、周文洲《しゅうぶんしゅう》だ〉

思わず、大きな声を上げそうになったのを、慌てて呑み込んだ。

青門会といえば、中国マフィアの中でも、荒っぽいことで知られる連中だ。

麻薬から、人身売買まで、何でもありで、暴力団関係者とも深いつながりを持ち、古くから日本に進出してきている。

坂崎が、青門会の幹部と一緒にいるとなると、事件の見え方が色々と変わってくる。

彼が顧問弁護士を務めている道仙教協会は、道教の流れを汲《く》んだ新興宗教団体だ。飛躍し過ぎかもしれないが、件《くだん》の協会が、中国マフィアの隠れ蓑《みの》になっているという可能性も出てくる。

考えを巡らせていると、ウェイターに声をかけられた。

「霧島様でいらっしゃいますか？」

「はい――」

「お電話が入っております」

そう言って、ウェイターは、電話の子機をさくらに差し出してきた。

おそらくメールの人物からの連絡だろう。

「もしもし――」

さくらは、緊張を押し殺して電話に出た。

〈来て下さったみたいですね〉

電話の向こうから、落ち着きのある声が聞こえてきた。

「メールを送ったのは、あなたですか？」

〈そうです〉

「なぜ、あんなメールを送ってきたのですか？　目的は、何なんですか？」

〈焦らないで下さい〉

男が言った。

確かに、冷静になっているつもりでいたが、焦燥感が滲《にじ》み出てしまっている。一つずつ、疑念を解消していくべきだ。

「教えて下さい。あなたは、何者ですか？」

〈猿――とでもお答えしておきましょう〉

「猿？」

反芻《はんすう》しながら、さくらの脳裏には、被害者の掌にあった入れ墨が浮かんだ。

「もしかして、工場で発見された死体と、何か関係があるんですか？」

〈ええ。あります〉

「どんな？」

〈死んだ男の名は、二見《ふたみ》淳博《あつひろ》といいます〉

さくらはメモを取り出し、その名を書き留める。

「何者ですか？」

〈詳しいことは、ご自分で調べて下さい。それより、坂崎の話をしませんか？〉

男の言葉を受け、さくらは坂崎に視線を向けた。

やはり、坂崎が中国マフィアと密会しているところを見せるために、この場所に呼び出したということのようだ。

「坂崎が、どうしたんですか？」

〈ご存じの通り、坂崎が会っているのは、中国マフィアの幹部です。そして、道仙教協会は、彼らの隠れ蓑になっている。それをガードしているのが、坂崎というわけです〉

男の話は、さくらの推測と一致している。

「なぜ、そんな情報を私に？」

〈捕まえて欲しいんですよ。そうすれば、今回の事件解決の突破口になります〉

「今ここで？」

〈はい〉

「無理ですよ。容疑もないのに。任意同行にも応じないはずです」

〈では、銃刀法違反の現行犯逮捕というのは、どうですか?〉

「え?」

〈周のボディーガードは、拳銃を所持しています。職務質問をかければ連行することができます〉

「あなたを信じろと?」

もし、職務質問をして、何も出てこなかったときには、坂崎が黙っていないだろう。クレーム程度では済まされない。

〈そうです〉

「それは、難しいです」

〈なぜです?〉

「残念ながら、今の警察は、何か起きてからでないと、行動ができないんです」

〈まあ、そうでしょうね。では、あなたと、仲間の刑事が動き易いように、少しばかり揺さぶりをかけましょう〉

どうやら、さくらが一人でないことは、とっくに見抜かれていたようだ。

それに、揺さぶりをかけるとは、いったいどういうことだ? 考えている間に、電話が切れてしまった。

今の会話は、関本も聞いていたはずだ。

さくらが目配せをすると、関本も困惑した表情を浮かべている。相手の意図が、まったく読めない。

――いったい、何を考えているんだ？

思考を巡らせていると、バンッと何かが弾《はじ》ける音がした。

「何？」

動揺して腰を浮かせている間に、連続した破裂音が炸裂《さくれつ》し、ラウンジのカウンターにあったグラスが次々と砕け散った。

「銃撃だ！」

どこかで、叫ぶ声がした。

さくらは咄嗟《とっさ》に、身を屈《かが》めながら、坂崎たちの方に視線を向ける。

うろたえる坂崎や周を庇《かば》うようにボディーガードの男が立ち、懐から大型の自動拳銃を抜いた。

これが、さっきの男が言っていた揺さぶりということなのかもしれない。

ふと視線を向けると、ウェイターの恰好《かっこう》をした男が、騒然とするラウンジから離れていくのを見つけた。

後ろ姿だけだが、あのビルの近くで見た男と、歩き方が似ていた。

〈霧島！　行け！　こっちは押さえる〉

イヤホンマイクから、関本の声が響いた。

さくらは、「はい」と応じると、男の背中を追って駆け出した。

9

サッキは、バーのソファーにもたれて大きく息を吐いた——。

山猫は準備があると、みのりを連れてさっさと出て行ってしまった。残されたのは、サツキ一人だった。

手伝うと言ったものの、これでは、何の役にも立っていない。自分の非力さを、今更のように思い知らされる。

気持ちばかりがはやっても仕方ないことは分かっているが、それでも、何もできないことに対する苛立《いらだ》ちは溜《た》まる。

「大丈夫？」

声をかけられ、顔を上げると、いつの間にか目の前にはみのりが立っていた。

すらりとした長身で、グラビアの表紙を飾るモデルのような華やかさがある。

「はい……」

サツキは、大きく頷いた。

「本当にいいの？」

みのりが、そう言いながらサツキの隣に腰掛けた。

「何が——ですか？」

「今回のこと。あなたが、手伝うことはないのよ」

優しく語りかけるような口調だったが、その裏には、サツキの覚悟を確かめているような響きがあった。

「いいえ。私が途中で逃げ出すわけにはいきませんから」

サツキは、キッパリと言い切った。

そこに嘘はない。何があっても、自分でやり通さなければならないと考えている。

「どうして、そこまで頑張るの？」

問われるまでもなく、理由は明確だ。

「父に言われたんです。〈猿猴の月〉を、彼らに渡してはいけないって——」

みのりが、真っ直ぐにサツキを見つめる。

言葉はないが、その視線は、サツキの心の奥深くに突き刺さってくるようだった。

「何だか、拍子抜けしちゃった」

しばらくの沈黙のあと、みのりが肩をすくめるようにして言った。

「え？」

「もっと、思い悩んだり、苦しんだりしているかと思ったけど、意外と割り切ってるんだなって」

「別に、割り切っているわけではありません……」

サツキは、首を左右に振った。

父が殺されてしまったことに、動揺もしているし、深い哀しみを抱いてもいる。今でも、気を抜いたら、涙がこぼれ落ちてしまうだろう。

母が死んだ十年前から、ずっと二人で生きてきたのだ。

サツキにとって、かけがえのない存在だし、心の底から愛してもいた。

これからのことを思うと、不安も押し寄せてくる。たった一人の肉親を失い、自分はどうやって生きていけばいいのか、正直分からない。

そもそも、今回の事件が解決しなければ、そんな不安を抱くまでもなく、殺されてしまうだろう。

だからこそなのかもしれないが、今、できることをやるしかない。

父が守れと言った〈猿猴《と》の月〉が、いったい何なのかは分からない。

それでも、命を賭して父がやろうとしたことを、自分が引き継ぐことこそが、唯一の道である気がする。

いや、それこそが強がりなのかもしれない。

本当は、何かやっていないと、哀しみや不安に取り込まれて、何もできなくなってしまうように思う。

そんなサツキの心情を知ってか知らずか、みのりが肩を抱いてぐっと引き寄せた。

温かかった——。

母が死んだのは、サツキがまだ三歳の頃だった。

だから、ほとんど母の記憶はない。もし、母がいるとしたら、今のように温かいのかもしれない。

目頭が、じわっと熱くなったが、大きく息を吸い込み、涙をこぼすのを堪《こら》えた。

ここで弱気になったら、全てが終わりだ。

「何だか、私の方が大切なことを教えてもらったな」

みのりが、ぽつりと言った。

「大切なこと？」

「そう。私の父はね、いわゆる暴力団の組長だったの。職業が、何だって関係ない。私は、父を尊敬している——そう思ってた」

「違ったんですか？」

「少しね」

みのりが、身体を離し、サツキの顔を覗《のぞ》き込むようにして微笑んだ。

「少しって？」

「周囲が、父のことで私に色々言うのを、聞かないようにしてたんだ」

「そういうものじゃないんですか？」

「そうだと思ってたけど、違ったのかもしれない。父のことを尊敬しているなら、何を言われても、堂々としていれば良かったの。それなのに、心の何処かで、父のせいで——って思う気持ちがあったかもしれない」

「そうなんですか？」

「そう。だから、学校に行くのが憂鬱だった。自分から理解してもらおうって努力もしないで、斜《はす》に構えていた」

「私は……」

口を開いたものの、今の自分の気持ちを、どう言葉にしていいのか分からなかった。

きっと、どんなに言葉を尽くしても、サツキの中にある感情を表現することはできないような気がしたし、みのりの心には届かないように思えた。

みのりは、そんなサツキの心情を悟ったかのように、ポンポンと頭を叩いた。

「ありがとう。何だか、私の方が吹っ切れたわ」

みのりが、屈託のない笑みを浮かべた。

「私は、何もしてません」

「強さを見せてもらったわ」

「違います」

「何が？」

「本音を言えば怖いです……」

みのりの優しさに触れたせいか、奮い立たせていた気持ちが、急速に萎《な》えていくのを感じた。

「サツキちゃん……」

「だけど、だからこそ、やらなきゃいけないんです……。そうじゃないと、父が浮かばれません……」

再び溢《あふ》れそうになる涙を、必死に堪えた。

「泣いていいのよ」

みのりの指先が、サッキの頬に触れた。

「でも……」

「大丈夫。内緒にしておいてあげるから」

そう言って、みのりがサツキを強く抱き締めた。

父の強く逞《たくま》しい腕とは違う、しなやかで繊細な腕に身体を預けたことで、心の中にためていたものが、一気に爆発した。

気付いたときには、サツキは大粒の涙を流して嗚咽《おえつ》していた。

10

さくらは、男の背中を追いかけて走った——。

ラウンジを抜け、廊下に出る。男は、エレベーターは使わず、そのまま非常階段へと通じる扉を開ける。

さくらも、同じように非常階段に出た。

男は、階段を駆け下りて行く。かなりの速さだ。さくらも、必死にあとを追いかけるが、このままだと、みるみる引き離されてしまう。

「くっ!」

さくらは、覚悟を決め、階段の上から大きくジャンプして、男にタックルをした。

もつれ合うように階段を転がり、踊り場の壁にぶつかって止まった。

すぐに起き上がろうとしたが、男の方が動きが速かった。

拳銃を抜き、さくらの眼前に突きつけた。

「思っていたより、じゃじゃ馬ですね」

男が言った。この声——間違いなく、さっきの電話の人物だ。

小柄で、想像していたより老齢な人物だった。好々爺《こうこうや》のような、穏やかな笑みを浮かべている。

絶体絶命の状況ではあるが、さくらの中に恐れはなかった。

無闇に引き金を引き、他人の命を奪うタイプの人物ではないと感じたからだ。

「一つ、訊かせて下さい」

さくらは、真っ直ぐ男を見つめながら訊ねた。

「何です?」

「なぜ、私たちに情報を流したんですか?」

さくらが問うと、男は小さく首を傾げた。

その拍子に、右の首筋に、入れ墨が入っているのが見えた。三匹の猿が手をつなぎ、円になっている。工場で発見された死体と同じ模様だ。

この男は被害者の仲間なのかもしれない。

「あなたが、信頼できる刑事だと見込んだからです」

想定外の回答だった。

謎の男に、こんなことを言われて、正直、どう反応していいのか分からない。

「それを確かめるために、あのビルに呼び出したんですか？」

「まあ、そんなところです」

「あなたは、道仙教協会を潰《つぶ》したいんですか？」

「少し違います」

「違う？」

「ええ。私は、止めたいんです」

「何を――ですか？」

「事態は、あなたが思っているより、はるかに深刻なんです」

「どういう意味です？」

「今回の事件は、単なる人殺しではない。このまま放置すれば、世界の崩壊を招く恐れがある」

世界の崩壊とは、大きく出たものだ。

道仙教協会のバックが、武闘派でならしたマフィアの青門会だとしても、世界を崩壊させるほどの力はない。

「テロでもやるつもりですか？」

「そんな、生易しいものではありませんよ」

「え？」

「テロで主要施設を攻撃したとしても、ダメージはたかが知れています。彼らは、もっと残酷な方法で、世界を混沌《こんとん》に陥れようとしています」

テロより残酷な方法とは何か？　考えてみたが、何一つ思い浮かばない。ただの放言なのだろうか？

「いったい、何をしようとしているんです？」

「彼らは、真綿で首を絞めるように、緩やかに世界を崩壊させるでしょう。それが、自分たちの破滅を招くとも知らずに……」

何だか、禅問答のようなしゃべり方だ。

「なぜ、そんなことを？」

「分かりませんか？」

「分かりません。わざわざ、そんなことをする理由が見つかりません」

「あなたは、意外と理想主義者なんですね」

男が笑った。

バカにされているようで、腹が立ったが、今は情報が欲しい。それに、ここで時間稼ぎをしていれば、やがては関本たちが駆けつけるだろう。

そうなれば、この男を押さえることができる。

「そうかもしれませんね」

「とにかく、彼らに〈猿猴の月〉を渡してはなりません」

「〈猿猴の月〉？　何ですそれは？」

初めて耳にする名だ。

何か財宝の類いだろうか？　或《あ》いは、世界を混沌に陥れるということは、化学兵器のようなものなのかもしれない。

「今、あなたが考えているようなものではありません」

さくらの思考を読んだように、男が言った。

「では、何なんです？」

「私の友人が造り出した最高傑作です。芸術作品と言ってもいい」

「芸術――」

ダメだ。全く話が見えない。

芸術作品が、なぜ世界を滅ぼすのか――さくらの理解の範疇《はんちゅう》を大きく超えている。

「本当なら、〈猿猴の月〉は、ただの伝説として、忘れ去られていくはずのものでした。しかし、間違いが起きた。その結果、彼らは、その存在を知ってしまったんです。そして、三猿という過去の亡霊が蘇った」

――何を言ってるんだ？

それが素直な感想だった。さっきから、この男の話す内容は、リアリティーが欠落している。

にもかかわらず、聞き入ってしまうのは、なぜだろう？

「結局、あなたは私たちに何をさせようとしているんですか？」

「難しいことではありません。ただ、少しばかり協力して頂きたいだけです」

「協力？」

「ええ。私には、助けたい人がいます。その人物を助けることで、あなたの大切な人を助けることにもなります」

「大切な人？　何を言ってるんです？」

「勝村君といいましたか。あの若者は――」

その名を聞いた瞬間、さくらの中で、さっと血の気が引いた。

「勝村がどうしたんですか？」

さくらが訊ねると、男は一枚の写真をひらりと落とした。

それを見て、さくらは思わずぎょっとなった。その写真は、一人の男が、猿のお面を被った男たちに、車に押し込まれているところを撮影したものだった。

そして、車に押し込まれている男は――勝村だった。

「これって……」

「彼は、今、連中に捕まっています」

「連中って何者ですか？」

「霧島！」

さくらの声を遮るように、叫び声が聞こえた。

見ると、関本が階段を駆け下りてくるところだった。時間稼ぎは成功したようだ。訊きたいことはまだたくさんあるが、男を押さえてからじっくりと聞き出せばいい。

反撃に転じようとしたさくらだったが、男は素早く身を翻すと、階段を駆け下りて行った。

「待って！」

必死にあとを追いかけるが、それを遮るように白い煙が辺りを包み込む。

火災報知器が鳴り響き、スプリンクラーが起動する。

どうやら、煙幕を使ったようだ。

煙が晴れたときには、すでに男の姿はどこにもなかった——。

11

ようやく、手錠を外すことができた。

犬井は手首を回しながら、ほっと息を吐いた。手首に、ひりひりと痛みが残っているが、どうということはない。

それよりも、身体に負ったダメージの方が深刻だ。

少し動かすだけで、節々が痛む。中でも、右足首が酷い。立っているだけで激痛が走る。

「あの……」

勝村が、声をかけてきた。

「何だ？」

「ぼくの手錠も外してもらえると、ありがたいんですけど……」

勝村が、苦笑いを浮かべながら言う。

──やはり只者《ただもの》ではない。

普通に生活してきた一般市民なら、謎の連中に監禁されているという状況に、パニックに陥るはずだ。

ところが、勝村は怯えた風を装いながら、冷静に振る舞っている。

そればかりか、後ろ手の状態で、ピッキングツールを使って犬井の手錠を外してみせたのだ。

監禁された経緯《いきさつ》についても、納得のいかない部分が多い。だが、今はそれを追及しているときではない。

犬井は、疑念を抱きながらも勝村の手錠を外す。

「ありがとうございます。助かりました」

勝村が、ヘラヘラと緩い笑みを浮かべる。

この男の元々の性質かもしれないが、それでも、こうして笑っていられるのだから、相当に肝が据わっている。

まあいい。全てが終わったあとで、この男を締め上げるまでだ。

犬井は、改めて部屋の中を見回す。

コンクリートの壁に囲まれ、窓がない。唯一の出入り口は、正面の鉄製の扉だ。造りが堅牢《けんろう》で、体当たりした程度では、ビクともしないだろう。

電子ロック式な上に、内側にノブがついていないので、手錠のようにピッキングツールで開けることはできない。

「厄介だな……」

犬井は、舌打ち混じりに吐き出した。

「あれを使って、逃げるってできませんかね？」

勝村が、天井を指差しながら言った。

視線を上げると、天井を換気用のダクトが走っていて、部屋の外につながっている。

ダクトの底面には、一カ所点検用のパネルが設置されている。

あそこをこじ開ければ、中に入ることはできるかもしれない。問題は、手が届くかだ。

「ぼくが、肩車するってのはどうです？」

犬井の考えを見透かしたように、勝村が言った。

「おれがやる」

「その足じゃ、無理ですよ」

勝村が、犬井の右足を指差した。

どうやら、気付いていたらしい。やはり、この男は冷静に状況を分析している。クレバーな男だ。

「さっ、早く」

犬井が考えている間に、勝村が屈み込んで準備をしている。

あまり勝村の助けを借りたくないのが本音だが、この際、四の五の言っていられない。

犬井がまたがると、勝村は「むっ！」と息むような声を上げ、腰を上げた。

バランスが悪いのか、力が無いのか、立ち上がったものの、勝村はフラフラと揺れて安定しない。

これでは、犬井がやった方がマシだったかもしれない。

「少し、我慢しろ」

「分かってます……でも……」

ついには、勝村が倒れてしまった。もちろん、肩車をされていた犬井も、床の上に叩き付けられる羽目になった。

「お前、わざとだろ！」

犬井は怒りとともに口にした。

勝村は、やわな男を演じているだけで、実際はそうでないことは、誰より犬井が知っている。

自分の本質を見抜かれないように、わざと転んだに違いない。

「ち、違いますよ。犬井さん、思ったより重いんですよ」

「非力を演じるのは、いい加減止めろ！」

「だから、違うんですって」

「ふざけるな。お前が、気弱な男を演じているだけってのは、とうの昔にお見通しなんだよ」

「参ったな……本当に、勘違いなんですって……」

勝村が、ほとほと困ったというように俯《うつむ》いてみせた。そんな表情をしたところで、騙《だま》されはしない。

「もう一度だ」

犬井が告げると、勝村は苦い顔をしながらも、腰を屈めて準備をした。

勝村は、壁を支えにするようにして立ち上がった。今度は何とか犬井を肩車で持ち上げることができた。

犬井は換気ダクトのパネルを外し、中を覗き込む。

何とか、人が通れるだけの広さは確保できる。そう思ったのも、わずかな時間だけだった。

──ダメだ。

「どうしたんですか？」

下になっている勝村が、声を震わせながら訊ねてくる。

「換気ダクトに、鉄格子がはめ込まれている」

どうやら、逃亡に換気ダクトを使うことは、想定されているようだ。

犬井が言うなり、土台である勝村が崩れ落ちた。犬井は、再び床に打ち付けられることになった。

本当に頭にくる男だ。

「クソッ！」

犬井は、舌打ちをする。

唯一と思われていた脱出方法が閉ざされる恰好になった。

──それにしても、何てザマだ。

三猿に辿り着く為の近道だと思い、敢えて牧野の罠に飛び込んだまでは良かったが、その結果がこれだ。

もしかしたら、三猿に囚われるあまり、冷静さを欠いていたのかもしれない。

「何か、別の方法を考えましょう」

勝村が、相変わらず緊張感のない笑みを浮かべながら言った。

本当に腹の立つ男だ。

顔面を殴りつけてやろうかと思ったが、止めておいた。

無駄な体力を使うことになる上に、勝村は暴力に屈するタイプではない。殴ったところで、何も変わらないだろう。

犬井は、小さくため息を吐きながら、その場に座り込んだ。

「あの……一つ訊いていいですか？」

勝村が、おそるおそるといった感じで、声をかけてきた。

「何だ？」

「犬井さんは、三猿を追っていて、捕まったんですか？」

すっとぼけた顔をして、やはり抜け目のない男だ。この状況において、犬井から情報を引き出そうとしている。

「何度も言わせるな。お前に話すことはない」

「まあ、そう言わずに教えて下さいよ。何か、いいアイデアが思い付くかもしれませんし」

本当に調子の狂う男だ。

何と言われようと、話すつもりはない。三猿は、犬井が個人として追わなければならない敵なのだ。

12

さくらは、覆面車両に寄りかかり、長いため息を吐いた——。

ホテルの前には、何台ものパトカーが停まっていて、ヤジ馬や報道陣がそれを取り囲んでいる。

ホテルのラウンジで銃撃戦が行われたのだ。騒ぎになるのは、当然のことだ。

テレビのワイドショーでコメンテーターをしている坂崎が、現場にいたというのも、騒ぎを過熱させる一因になっているのだろう。

「大変なことになったな」

声をかけてきたのは、関本だった。

理解不能なこの状況に、さすがの関本も疲弊しているようだ。いつになく、険しい顔をしている。

「そうですね——」

「はっきり言って、わけが分からんよ」

関本がさくらの隣に立ち、煙草に火を点けた。

さくらも同感だった。だが、今は愚痴をこぼしているときではない。

「それで、坂崎たちはどうなったんですか？」

さくらは、気持ちを切り替えて訊ねた。

「ボディーガードの男は、銃刀法違反の現行犯で逮捕。周と坂崎の事情聴取をやってはいるが、知らぬ存ぜぬで押し通すだろうな」

「そうでしょうね」

「だが、組織犯罪対策係の連中は、これを足がかりに、青門会の摘発に乗りだそうって意気込んでる」

青門会は、昨今、表だって派手な活動をすることなく、闇に潜っていた節があり、警察も手を焼いていた。

今回の一件で、突破口が開けた恰好だ。

「あの男の思惑通りってわけですね」

さくらは、件の老人の顔を思い浮かべながら口にした。

こうなることを見越して、あの老人は、さくらに連絡をしてきた。それだけではなく、自らが発砲することで、周のボディーガードが拳銃を抜く状況を作り出した。

釈迦《しゃか》の掌の上で踊らされる、孫悟空の気分だ。

「そうだな。あの男は、いったい何者なんだ？」

「分かりません」

さくらは首を左右に振った。

あの男が何者かはもちろん、その目的が何なのか？　そして、〈猿猴の月〉とは何か？　謎が深まるばかりで、何一つ見えてこない。

そればかりでなく、あの老人が、勝村の名を口にしていたことも引っかかる。

さっき、勝村の携帯電話に連絡を入れてみたが、電源が切られているらしく、その旨を伝えるメッセージが流れるだけだった。

勝村に、何かあったのでは？　という不安が頭をもたげる。

「こうなると、信じたくなってくるな……」

関本がぽつりと言う。

「何をです？」

「さっき、組織犯罪対策係の連中と話したんだが、その中の一人が、妙なことを言っていた」

「妙なこと？」

「例の入れ墨だよ――」

「ああ」

老人の首筋にあった、三匹の猿が手をつなぎ、円になっている模様の入れ墨。場所は違えど、工場で発見された死体にあったのと同じもの。

「十年ほど前に、警察が尻尾《しっぽ》を掴むことができなかった窃盗団がいたらしい」

「窃盗団――」

「何でも、美術品や歴史的に価値のある品を狙う連中だったようだ。侵入した痕跡を残さず、精巧な贋作《がんさく》とすり替えるって手口を使ってな」

「それって、発覚しない可能性の方が高いですよね」

「ああ。気付いたとしても、いつ贋作とすり替えられたのか、分からず仕舞いだったらしい」

「とんでもない連中ですね」

　さくらが驚きの声を上げると、関本も大きく頷いた。

「同感だ。当時の担当者も、必死に行方を追ったが、最後まで尻尾を摑むことができなかった」

「それと、入れ墨と、どういう関係が？」

「だからさ、唯一摑んだのは、裏の社会で囁《ささや》かれている噂だった」

「噂──」

「そう。連中は〈三猿〉と名乗っていて、仲間の証として、例の入れ墨が入っていたんだってよ」

「さっきの男や、工場で発見された死体は、その三猿のメンバーだって言いたいんですか？」

「あくまで、可能性の話だがな……」

　そういえば、あの老人は、自らのことを猿と名乗っていた。三猿とかいう窃盗団のメンバーという意味と取れなくもない。

だが、何かが引っかかる気がした。

うまく説明できないが、自分たちは、情報に踊らされている——そんな居心地の悪い感覚だ。

「何にしても、捕まえてみれば分かることだ」

関本が、携帯灰皿に煙草を押し込んでから、大きく伸びをした。

「そうですね」

今ここで、あれこれ考えを巡らせる暇があったら、まずは動くことだ。それが、たとえ踊らされることになっていたとしても、結果として事件を解決に導ければそれでいい。

「取り敢えず、二見淳博という男を当たるぞ」

そう言って関本は歩き出した。

老人が告げた被害者の名前——それが真実か否かで、事件の見え方は大きく変わってくるはずだ。

さくらも、関本のあとを追って駆け出した。

The third night

三日目

猿猴の月

1

「紳士淑女の皆様。本日は、お集まり頂き光栄です――」

山猫が、バーカウンターの前に立ち語り始めた。

バーには、みのりを始め、サツキ、里佳子、細田が顔を揃えている。

ソファーに座ったみのりは、山猫の姿を見て、小さくため息を吐いた。

――こんな軽薄な人だっただろうか？

それが、率直な感想だった。山猫にかかわるほどに、みのりの中にあるイメージが、ガラガラと音を立てて崩れていく。

なぜ、こんな人に憧《あこが》れていたのだろう――と疑問を抱くほどだ。

とはいえ、今はそんなことを考えているときではない。今回の作戦を成功させ、勝村を無事に救出しなければならないのだ。

「いいから、さっさと説明してよ」

ヤジを飛ばしたのは、みのりの前で、長い足を組んで座っていた里佳子だ。

「うるせぇな。せっかくいいところなのに」

「あんたの口上なんか、誰も聞いてないわよ。早く、本題に入って頂戴《ちょうだい》」

「はいはい。ヒステリックな女は嫌だね」

山猫は、文句を言いながらも、咳払《せきばら》いをしてから、改まった口調で語り出す。

「前にも説明したが、今回のターゲットは、警察の保管庫にある、見猿の腕時計、レッドモンキーだ」

「侵入経路は、どうするんですか？」

みのりは、手を挙げて質問した。

警察の保管庫ともなれば、セキュリティーレベルは、相当に高いはずだ。そればかりか、警察官がうじゃうじゃといる中に侵入しなければならない。

いくら山猫といえども、一筋縄ではいかないだろう。

「そこで、お前たちの出番というわけだ」

山猫はそう言いながら、みのりに向かって何かを放り投げた。突然のことに動揺しながらも、慌ててそれを受け取る。

その形を見て、みのりは思わずぎょっとなる。

「これって爆弾？」

五百ミリリットルの缶に、十センチ四方のボックスが取り付けられていて、さらには、小さな時計が固定されている。

時限爆弾といったところだ。

「似たようなもんだ」

「え？」

「時限式の発煙装置だ」

「発煙装置？」

「そう。お前とサツキは、警察に行き、その発煙装置を警察署内に置いてくる」

「それで？」

「時間がくると、そいつが煙を吐き出す。そうなったら、速やかに車に戻れ。あとは、おれの仕事だ」

山猫は、そう言って近くにあったバッグから、衣装を取り出した。消防隊員の制服だった。

――なるほど。

火事だと騒ぎになっているところに、山猫は消防隊員に変装して、警察署内に侵入し、保管庫から腕時計を盗み、何食わぬ顔で出て行くということだろう。

騒動の中、消防隊員の恰好《かっこう》をして潜入すれば、見咎《みとが》められることなく、ある程度自由に動けるというわけだ。

だが――。

「私たちだって、好き勝手に警察に入れるわけじゃありません」

何の用事もなく警察に足を運べば、怪しまれる。

おまけに、防犯カメラだってある。仮に作戦が成功したとしても、警察に追われる身になってしまう。

「落とし物を拾ったので、届けに来たと言えばいい。中身は、もちろんそれだ――」

山猫が、みのりの持っている時限式の発煙装置を指差した。

「これを、このまま？」

こんな物を、剝《む》き出しで持っていけば、それこそ怪しまれることになる。

「これを使って」

そう言って、里佳子がヴィトンのバッグをみのりに差し出した。

バッグに入れておけば、仮に、中身を確認されたとしても、自分たちは、拾った物だから、知らなかったと押し通せばいい。だが――。

「その場で確認されたら？」

「大丈夫よ。それ、二重底になっているから」

里佳子がウィンクをする。

なるほど。二重底であれば、時限発煙装置は、簡単には見つからないというわけだ。それなら成功する可能性は高い。

みのりがサツキに目を向けると、彼女は唇を引き結んで、大きく頷《うなず》いてみせた。

どうやら、わざわざ問われるまでもなく、覚悟は決まっているようだ。これだけの状況にありながら、しっかり前を見ている姿は驚嘆に値する。

何としても、彼女だけは守ってあげなければ――みのりの中で、決意が定まった。

とはいえ、今回の作戦について、不安が完全に払拭《ふっしょく》できたわけではない。

「煙の出所が特定されてしまったら、消防隊が来る前に、騒ぎが鎮静化されてしまいませんか？」

みのりは、山猫に目を向け口を開いた。

煙を出しているのがバッグだとバレたら、消火器をかけられてそれで終わりだ。消防が出動するまでもない。

「だから、落とし物なんだろうが」

山猫が呆《あき》れたように言いながら、マッチを擦って煙草に火を点《つ》けた。

「どういうことです？」

「遺失物を受け取った警察は、どうすると思う？」

「そうか！　保管庫！」

みのりは、納得と同時に声を上げた。

遺失物として届けたバッグは、保管庫に移され、その後、時限装置によって煙が噴き出す。

まさに、火災現場は保管庫になるのだから、消防隊員になりすましていれば、堂々と出入りできるというわけだ。

ただ、ヘラヘラしているわけではなく、自ら天才と名乗るだけあって、盗みの技術には長《た》けているようだ。

「デブ田は、無線を妨害して、情報操作をしてくれ」

山猫が茶化した調子で言うなり、細田が激高した。

「わざと間違えるな！　ぼくの名前は、細田！」

「そういう文句は、昔のように痩《や》せてから言えよ」

「は？　何だそれ！」

せっかく、山猫のことを見直したのに、目の前で子どものような喧嘩《けんか》を見せられると、また不安が押し寄せてくる。

そんなみのりの心情を察したのか、里佳子が立ち上がり、山猫と細田の頭を引っぱたいた。

「あんたたち、いい加減にしなさいよ」

腰に手を当て、凜《りん》とした里佳子が、何だか母親のように見えた。

「とにかく、作戦は以上だ。準備を怠るなよ」

場が落ち着いたところで、山猫が改まった口調で言った。

これから、自分たちは警察に盗みに入る——そう思うと、やはり不安が頭をもたげると同時に、妙な高揚感もあった。

「ちょっといいか？」

山猫が、みのりに目配せをしてきた。

——何だろう？

みのりは、怪訝《けげん》に思いながらも、山猫に歩み寄る。

「これを読んでおけ」

そう言って、山猫はメモ紙をみのりに手渡した。

——何だろう？

疑問に思いながら、メモに目を通してみる。そこに書かれていた内容に、みのりは大きな衝撃を受けた。

ベッドに寄りかかり、蹲《うずくま》るようにして座っていた勝村は、ガチャッと扉の開く音で顔を上げた。

猿のお面を被《かぶ》った男四人が、食事と思《おぼ》しき皿を持って入ってきた。

こうやって、わざわざ食事を運んで来るということは、今のところは、殺すつもりはないようだ。

猿のお面の男たちは、部屋に入ったものの、何か異変を感じたらしく、ピタリと動きを止め、しきりに辺りを見回している。

やがて、一人の男が勝村に歩み寄ると、胸倉を摑《つか》み上げた。

「もう一人ハ、どコに行った？」

男は、凄《すご》みを利かせた声で、訊《たず》ねてくる。

「もう一人？」

勝村は、首を傾げてみせる。

「犬井という男ガ、一緒にいただロ！」

「そういえば、もう一人いたような……」

勝村は呟《つぶや》くように言いながら、部屋を見回してみる。

部屋の中に、犬井の姿は見当たらない。広い部屋ではない。普通にしていれば、姿を見失うようなことはないのだが、犬井の姿は忽然《こつぜん》と消えていた。

「言エ！　どコに行った！」

勝村の身体を大きく揺さぶる。

「そ、そんなこと言っても、知らないものは、知らないんですよ」

「そんなわけないダろ！　この部屋から、出られるわけがなイ！」

「だったら、この部屋の中に、いるんじゃないんですか？」

言い終わる前に、強烈なパンチを浴び、勝村は床に倒れ込んだ。

「さっさと言わないと、痛い目に遭わせるゾ」

男が、勝村の前に屈《かが》み込みながら言う。

痛い目には、もう遭っている――と思いはしたが、口にはしなかった。代わりに、隠し持っていた手錠を取り出し、素早く男の両足をつないだ。

「なっ！」

男は、驚愕《きょうがく》の表情を浮かべたが、もう遅い。

部屋の中に犬井がいないことに動揺して、勝村が手錠をしていないことを見落としていたのだ。

勝村は、男に体当たりする。

両足をつながれた男は、いとも簡単に後方に倒れ込む。

「这家伙（この野郎）！」

残った三人の男たちが、一斉に勝村に襲いかかってくる。まともに相手をしたら、瞬く間に血祭りに上げられるだろう。

――ヤバイ！

そう思った瞬間、換気ダクトのパネルが開き、上から人が降ってきた。

――犬井だ。

犬井は、換気ダクトに身を隠し、このタイミングを狙っていたのだ。

先頭に立っていた男は、落下してきた犬井に潰《つぶ》される恰好になり、床に倒れ込んだ。

他の二人は、あまりのことに混乱して、反応が少し遅れた。

その隙を犬井が逃すはずはない。

鋭い左右のパンチで、一人をグロッキー状態にした上で、頭突きをお見舞いしたあとに、髪の毛を掴んで、顔面を壁に叩《たた》き付けた。

動揺しているもう一人の男の股間《こかん》を蹴《け》り上げ、跪《ひざまず》かせた上で、首に腕を巻き付け、そのまま絞め落とした。

最後に、両足を手錠で固定され、動けなくなっている男の顔面を踏み付けることも忘れなかった。

まさに電光石火――狂犬の名に恥じない暴れっぷりだった。

「ちょっと、やり過ぎじゃないですかね？」

勝村が、おそるおそる言うと、犬井は鋭い眼光で睨《にら》み付けてきた。

やり過ぎどころか、まだ暴れたいといった感じだ。これ以上、何かを言ったら、こっちまで危害を被りそうだ。

まあ、やり方はどうあれ、これで脱出の突破口は開いた。

「とにかく、さっさと逃げましょう」

勝村が言うと、犬井は無言のまま、歩み寄って来た。

何だか、もの凄く嫌な予感がする――そして、その予感は見事なまでに的中した。

犬井は勝村の腕を摑むと、手錠をかけ、便器に付いている給水パイプとつないでしまった。

「ちょ、ちょっと、何するんですか」

これでは、逃げるどころか、動くことすらままならない。

「いいか。忘れないように言っておく。おれは、お前を信用したわけじゃない」

犬井が、ずいっと顔を近付けながら言う。

「え？」

「お前には、まだ訊《き》きたいことがたくさんある」

「それだったら、ちゃんと話しますよ。だから、こんな物は外して下さい」

勝村は、手錠を引っ張りながらアピールする。

犬井は勝村の要求に応じることなく、冷たい視線を向けてくる。

「聞こえなかったのか？　おれは、お前を信用していない。これを外せば、お前は逃げるかもしれん」

「逃げませんって！」

大きな声を出してみたが、おそらくは無駄だろう。犬井は、勝村を信用できないと断言しているのだ。

「片付いたら迎えに来てやるから、安心しろ」

犬井は、そう言うと勝村に背中を向けた。

どうやら、たった一人で、ここの連中とやり合うつもりのようだ。

「待って下さい。一人より二人の方が、色々と都合がいいでしょ」

勝村は必死に訴える。

実際は、格闘経験のない勝村など、一緒にいたところで、何の役にも立たないだろうが、今はそういう問題ではない。

「おれは、誰とも組まん」

犬井は吐き捨てるように言うと、部屋を出て行ってしまった。

こうなったら、犬井が戻ってくるまで、黙って待つしかないのか――ため息を吐きながら座り込んだ勝村だったが、大変なことに思い至った。

床の上には、四人の男たちが転がっている。

彼らは死んだわけではない。気を失っているだけだ。やがては、目を覚ますだろう。

そうなったとき、手錠でつながれた勝村を見て、黙って見過ごすはずがない。

さっきのお返しとばかりに、散々な目に遭わされることは明白だ。

「マジでヤバイって――」

勝村は、逃げ出そうと必死に手錠を引っ張る。

そんなことをして、鉄製のパイプが外れるとは思えないが、他に方法がなかった。

「ダメだ……外れない……」

諦《あきら》めかけたとき、倒れている男の一人が、「ううっ……」と唸《うな》り声を上げた。

――冗談じゃない！

勝村は鉄パイプに足をかけ、大きく反動をつけて、力いっぱい引っ張る。

バキッと何かが割れるような音がしたかと思うと、つなぎ止める力が一気になくなり、勝村は後方に何度も転がった。

「痛っ」

強烈に身体を打ち付ける結果になったが、幸いにも鉄パイプが外れてくれた。

水が噴水のように噴き出している。

これで、何とか逃げ出すことができる。勝村が、扉に移動しようとしたところで、倒れていた男の一人が、むくりと起き上がった。

勝村と目が合った——。

「你（お前）……」

「いや、違うんです。そうじゃありません」

勝村は、自分でもよく分からない言い訳をしながら部屋を飛び出すと、勢いよく扉を閉め、ロックした。

「最悪だよ……」

ほっと一息吐いたものの、いつまでもこんなところにいたら、捕まえて下さいと言っているようなものだ。

勝村は、力を振り絞って走り出した。

3

「指紋照合の結果が出たぞ」

関本が、言いながら勢いよく刑事部屋に入って来た。

連日の泊まり込みで、意識が朦朧《もうろう》としていたさくらだったが、その言葉に一気に覚醒《かくせい》する。

「本当ですか？」

さくらは、すぐに関本に駆け寄る。

他の捜査員たちも、関本の周りに集まって来た。

「被害者の指紋と一致した——」

関本が、鋭く言い放つ。

昨晩、あの老人から、被害者は二見淳博だと聞かされた。すぐに、裏付けの捜査が行われた。

二見淳博は、調布市《ちょうふし》のマンションに住んでいた。時計の修理や絵画の修復などで、生計を立てていたということが分かった。

自宅であるマンションを訪ねてみたが、案の定、不在だった。

代わりに、マンションのドアノブに付着していた指紋を採取。被害者のものと照合を行ったというわけだ。

ドアノブには、複数の指紋が残っていたので、二見本人であるという確証はない。

あくまで、付着していた指紋の一つと合致したということに過ぎないが、それでも、状況から考えて、被害者は二見淳博であるとみて間違いないだろう。

「こっちも、確認が取れました——」

そう言いながら、水島が駆け込んで来た。

「どうだった？」

関本が訊ねる。

近所の住人の証言などから、二見には娘がいるということが分かっている。だが、その娘の所在が摑めていない。

そこで、水島は朝いちで娘のサツキが通う学校に問い合わせに行っていたのだ。

「はい。二見の娘は、二日前から学校を休んでいるそうです。学校側に連絡がなく、教師が自宅を何度か訪れたようですが、応答がなかったとのことです」

水島の報告を聞き、さっと血の気が引いたような気がした。

二見が殺され、その娘が行方不明となると、嫌な予感しかしない。

「早急に、娘の行方を追うぞ」

そう言った関本の声には、焦燥感が滲《にじ》んでいる。

何とかして、娘のサツキを保護したいのだろう。さくらも、気持ちは同じだ。だが——。

「どうやって？」

今のところ、手掛かりは何一つないのだ。

自首してきた男に、話を聞くという手もあるが、状況から考えて、あの男は青門会が用意したスケープゴートに過ぎない。

真実を口にすることはないだろう。そもそも、娘の行方など知らない可能性が高い。

「クソッ！」

関本が、近くにあった椅子を蹴った。

急がなければならない状況だが、地道に捜査をして、事件の背景を洗い出していくしかない。

――果たして、それまで娘は無事でいるだろうか？

もし、何かしらの事件に巻き込まれているとしたら、残念だが生存の望みは薄いだろう。

――違う！

さくらは、萎《な》えかけた気持ちを、自ら奮い立たせた。

ここで諦めては、全てがふいになる。今、可能性の話をしても仕方がない。娘が無事だと信じて、捜査を続けるしかない。

「とにかく、捜しましょう」

さくらが口にすると、関本が「そうだな――」と頷いた。

「水島！　学校関係者を当たって、二見の娘の写真を入手しろ！　おれは、上に掛け合ってみる」

関本が指示を飛ばす。

おそらく、上に話を通して、公開捜査に踏み切るつもりだろう。現状では、最善の策と言っていい。

「分かりました」

水島が、部屋を飛び出していく。

「私も行きます」

さくらも、あとに続こうとしたところで、携帯電話にメールが着信した。

予感めいたものがあり、思わずはっとなる。

携帯電話を取り出し、メールを確認する。昨日と、同じアドレスだった。おそらくは、猿と名乗ったあの老人だ――。

「奴か？」

関本が、携帯電話を覗《のぞ》き込んでくる。

「おそらく――」

さくらは、息を呑《の》んでからメールを開いた。


〈お話ししたいことがあります。以下の場所でお待ちしています――〉


その一文とともに、場所を指定したＵＲＬが貼り付けられていた。

「どう思う？」

関本が訊ねてきた。

「罠《わな》かもしれません」

それが率直な感想だった。

あまりに見え透いた誘いだ。何か企《たくら》んでいることは、明白だろう。

「そうだな」

「でも、二見についての情報は正しかったです。この男が、何か知っているのは間違いありません」

関本がどういう判断を下すのかは分からないが、さくらは行くつもりだった。

あの男が何者で、何を目論《もくろ》んでいるかは分からないが、現状において、行方不明になっているサツキを見つける最短経路である気がした。

それに、連絡が取れなくなっている勝村も、関係しているようなことを、あの老人は言っていた。

それを放っておくことはできない。

「分かった。まずは、こっちを当たるぞ」

関本は、力強く言うと、大股《おおまた》で歩き出した。

さくらも、決意を新たにして、関本のあとに続いた。

この先、何が待っているかは分からないが、今は全力で駆け抜けるしかない。

4

サツキは、警察署の前で足を止めた——。

「やっぱり私一人で行くわ」

隣に立つみのりが、小さく頷きながら口にした。

「どうしてですか？」

サツキは、すぐさま訊ねた。

「あなたまで、危険を冒す必要はないわ」

みのりの口からは、想定していた通りの答えが返ってきた。

「どうしてそういうことを言うんですか？」

意識していなかったが、自然と口調に責めるような響きが滲んだ。

「だって……」

みのりは、そこまで言って口ごもった。

明言しなくても分かる。みのりは、サツキのことを子ども扱いして、危険から遠ざけようとしているのだ。

父も、そうだった。

だから、自分の過去について、何一つ語らなかった。あの連中に追われたときも、サツキに指輪を渡し、山猫を頼るように言い、自分から遠ざけた。

その結果がこれだ――。

サツキが一緒にいたところで、結果は同じだったかもしれない。いや、サツキも一緒に殺されていた可能性が高い。

それでも、父が殺されることになるなら、最期まで一緒にいたかった。

「子ども扱いしないで下さい」

様々な思いがないまぜになって、口調が荒くなった。

「別に、そういうわけじゃないけど……」

「じゃあ、どういうわけですか？」

「それは……」

「私を子どもだって言うなら、みのりさんだって同じです」

正確なところは分からないが、みのりは、サツキと二つか三つしか年齢が変わらないはずだ。サツキが子どもなら、みのりもまた子どもだ。

「これは、私の事件なんです。父の敵を討つのは、私自身じゃなきゃいけないんです」

サツキは、決然として言った。

驚いた表情でサツキを見ていたみのりだったが、やがてふっと小さく笑みを浮かべた。

それから「ゴメンね」と呟くように言った。

「なぜ、謝るんですか？」

サツキが訊ねると、みのりは苦笑いを浮かべた。

「少し前に、私も子ども扱いされて、腹を立てたことがあったなって」

「みのりさんも？」

「そう。友だちの敵討ちをしようとしている私を、止めようとした人がいてね」

「そうだったんですか……」

「あのとき、腹が立ったのに、私もサツキちゃんに同じことしちゃった。だから、ゴメン」

みのりは、そう言って深々と頭を下げた。

そんな風に謝られたら、サツキの方が、どうしていいのか分からなくなる。

「……………」

「サツキちゃんが一緒に行くことに、もう異論はないわ。でも──」

「でも、何です？」

「一つだけ約束して」

「約束？」

「そう。復讐《ふくしゅう》に囚《とら》われないで欲しいの」

「え？」

「サツキちゃんのことは信用する。でも、今回の事件は、もうあなただけの問題じゃないの」

「私だけの問題じゃない？」

「そう。今回のことは、サツキちゃんのお父さんの仇討《あだう》ちの意味もあるけど、同時に、勝村さんを助ける為の作戦でもあるし、猿のお面の連中を倒すための策でもあるの。私たちは、協力して目的を遂げる仲間なの。それを忘れないで」

そう言ってみのりは、はにかんだような笑みを浮かべた。

サツキは、どう答えていいか分からなかった。みのりの言葉の意味は分かる。だけど——。

「サツキちゃん一人で、全部を背負わないで」

みのりが、サツキの肩をポンポンと叩いた。

たったそれだけのことだったのに、じわっと目頭が熱くなった。

勝村も、みのりも、とんだお人好《ひとよ》しだ。本来、関係ないはずなのに、黙って見ていることができずに世話を焼く。

こんな風に、誰かに優しくされたのは初めての経験だった。

「はい——」

サツキは、震える声で返事をした。

「じゃあ、行こうか」

みのりが、ゆっくりと歩き出す。

サツキもそのあとに続いて歩みを進めた。

この先、何が待っているのかは分からない。それでも、山猫やみのりと一緒なら、何とかなる——そんな気がした。

5

監禁されていた部屋を出た犬井は、慎重に、だが迅速に歩みを進めた——。

連中は銃を含めた武器を持っている可能性が高い。人数も、圧倒的に多い。こちらは丸腰な上に一人だ。警戒を怠るわけにはいかない。

——やはり、勝村を連れてくるべきだったか？

一瞬、頭を過《よ》ぎったが、すぐに否定した。

勝村は信頼がおけない。いや、勝村でなかったとしても、犬井は他人に背中を預けるようなことはしない。

壁に背中を付け、周囲に気を配りながら、廊下の角から奥の様子を窺《うかが》う。

——誰もいない。

長い廊下の先には、階段が見えた。

確証はないが、窓が一つもないことから、ここは地下である可能性が高い。あの階段は、地上階に上がるためのものだろう。

犬井は、素早く動き出すと、一気に階段を駆け上がった。

広いエントランスのような場所に出た。

その先には、外に通じているであろう、大きな扉が見えた。あの場所まで行けば、あとはどうにかなる。

足を踏み出そうとしたが、人の気配を感じて動きを止めた。

「勝手に出たらダメじゃない」

そう言いながら、ワンピースを着た男が姿を現した。

外に出られると安堵《あんど》したことで、無意識に警戒が緩んでしまったようだ。苛立《いらだ》ちが募るが、今更もう遅い。

「そこをどけ――」

犬井は、覚悟を決めると、扉の前に立ちふさがる男に、真っ直ぐ歩み寄っていく。

次第に距離が近くなる。

犬井が射程に入ったと判断したのか、男が動いた。

ぐんっと踏み込みながら、丸太のように太い腕で、突き上げるようなアッパーカットを繰り出してくる。

どうやら、典型的なボクサータイプのようだ。

犬井は、スウェーバックで躱《かわ》しつつ、左右のフックを打ち出したが、がっちり腕でガードされた。

オフェンスだけでなく、しっかりディフェンスもできている。

もしかしたら、かじっていたという程度ではなく、ランカークラスのボクサーだったのかもしれない。

ワンピースの男は、見かけによらず、細かいジャブで犬井を牽制《けんせい》してくる。

普段ならステップで躱すところだが、足に残ったダメージで、思うように動けず、何発かもらってしまった。

昨日の傷口が開き、鼻血が溢れてくる。

呼吸が苦しい。

こうなると、長期戦は不利だ。何とか、短期決着に持ち込みたい。だが、相手は犬井より一回り大きい巨漢な上に、がっちりとガードを固めてくるタイプだ。そう簡単には片付けられない。

「どうしたの？　息が上がってるわよ？」

男が挑発してくる。

「黙れ。一人じゃ何もできない雑魚《ざこ》のクセに、偉そうな口を利くな」

「言うじゃない」

言い終わるなり、男が犬井にボディーを打ち込んできた。

的確にレバーを狙っている。

何度ももらっていては、やがて力尽きる。

犬井は、ため息を吐いてファイティングポーズを解き、棒立ちになった。

「諦めちゃったの？」

男がニヤリと笑う。

「そうかもな」

「もっと骨のある男だと思ってたのに残念ね」

男が、止《とど》めを刺そうと、一気に距離を詰めて来た。油断したのか、あまりに不用意な踏み込みだ。

犬井は、タイミングを見計らって、男の股間を力いっぱい蹴り上げた。

「ぎゃっ！」

男は、尻尾《しっぽ》を踏まれた猫のような悲鳴を上げると、股間を押さえて蹲った。

一か八《ばち》かの賭《か》けだった。性転換手術をしていたら、アウトだったが、どうやら、そのタイプでは無かったらしい。

「やっぱり雑魚だったな」

犬井は、男を見下ろすと、その顔面を力いっぱい踏み付けた。

何とか勝ったものの、身体はもうボロボロだった。

壁に背中を預けて息を吐く。

何にしても、あと少しだ。犬井は、最後の気力を振り絞って、扉に向かって歩き始めた。

「動くナ！」

背後から声がした。

振り返ると、そこには猿のお面を被った男が立っていた。犬井に向かって拳銃《けんじゅう》を構えている。

いつもなら、トリガーを引く前に、素早く駆け寄り拳銃を奪い取るところだが、今の犬井に、その余力はなかった。

――ここまでか。

諦めかけたとき、拳銃を持った男の背後から、忍び寄る影が見えた。

その影は、近くにあった壺《つぼ》を手に取ると、拳銃を持った男の後頭部に力いっぱい打ち付けた。

壺の砕ける音とともに、拳銃を持った男が頽《くずお》れる。

勝村だった――。

身体がびっしょりと水に濡《ぬ》れている。どうやら、トイレのパイプを、強引に外してここまでやって来たらしい。

やはり、この男は只者《ただもの》ではない。

「置いてくなんて、あんまりですよ」

勝村が、子どものようにふて腐れた表情を浮かべる。

今ここで、勝村と口論している余裕はない。

「話は後だ。とにかく出るぞ」

犬井は、強引に話を打ち切り、扉に向かって歩き出そうとした。だが、すぐに足を止める羽目になった。

気付けば、猿のお面を被った、十人を超える男たちに囲まれていた。

脱出までに時間を使い過ぎたようだ。

とはいえ、ここまで来て再び捕まるわけにはいかない。扉は、もうすぐそこなのだ。

犬井は意を決して駆け出した。

だが、何歩も進まぬうちに、後頭部に強烈な痛みが走り、前のめりに倒れた。

そのあとは、例の如く袋叩きだった。

6

みのりは、サツキの手を引いて、停車していたハイエースの後部座席に駆け込んだ。

走ってきたこともあるが、何より緊張で息が上がる。

警察に落とし物としてバッグを提出した瞬間も、緊張したが、何より目の前で中身の確認として、警察官がバッグを開けたときが、もっとも冷や汗をかいた。

里佳子の用意したバッグは、二重底になっていて、時限式の発煙装置が見つかることはなかったが、正直、生きた心地がしなかった。

シートに凭《もた》れて、流れる汗を拭《ぬぐ》いながら、呼吸を整える。隣に座るサツキも、同じように息を切らしていた。

「お疲れさま」

運転席に座る里佳子が、声をかけてきた。

みのりやサツキとは対照的に、落ち着き払った口調だった。

「いえ……」

みのりは、唾《つば》を飲み込みながら答えた。

「上手くいったみたいね」

里佳子が、小さく笑みを浮かべながら言った。

「え？」

「作戦成功よ」

「どうして分かるんですか？」

逃走用であるこの車は、警察署から離れた場所に停車してあるので、ここからでは現場の様子は分からないはずだ。

「ほら。聞こえるでしょ」

そう言って、里佳子が耳に手を当てた。

耳を澄ますと、微《かす》かにではあるが、消防車のサイレンの音が聞こえた。

それは段々と近付き、停車中のハイエースの横を通り、真っ直ぐ警察署の方に向かっていく。

消防車が向かっているのであれば、里佳子の言うように成功と言えなくもないが、みのりには、少し引っかかることがあった。

「早過ぎませんか？」

時限式の発煙装置は、あのバッグが保管庫に運ばれてからスイッチが入る手はずになっていた。

バッグは、まだ受付にあるはずだ。

「まあ、不測の事態が起きたってところじゃない」

「不測の事態？」

「考えられるのは、警察官がバッグに不審を抱いたってところかもね。気付かれる前に、装置を作動させたってことじゃないかしら」

「それって、マズインじゃないんですか？」

みのりは身を乗り出して訴えたが、里佳子は涼しい顔をしている。

「平気でしょ」

「でも……」

「安心しなさい。あのバカ猫は、スケベ根性の塊だけど、仕事だけはキッチリやる男よ」

里佳子の言葉は自信に満ちていた。それだけ、山猫のことを信頼しているということだ。

——この女性は、山猫とどういう関係なのだろう？

今更のように、その疑問が頭を過ぎった。

色々とあり過ぎて訊いていなかったが、口ぶりからして、ずいぶんと前から山猫のことを知っているようだ。

もしかして、山猫の恋人なのだろうか？　思いはしたが、訊ねる気にはなれなかった。みのりなどが踏み込んではいけない、何かがあるような気がしたからだ。

「あっ、そうだ。サツキちゃんに、これをあげるわ」

里佳子は、そう言ってポケットから腕時計を取り出した。ゴールドのベルトがついた、かなり高級そうなものだった。

サツキが「え？」と顔を上げる。

「それ、もう動かなくなってるでしょ」

里佳子が、サツキのしている腕時計を指差した。

アナログ式のG-SHOCKの腕時計だが、確かに針が止まってしまっている。サツキも、そのことに今になって気付いたらしく、腕時計を凝視している。

「でも……」

サツキが、困惑した表情を浮かべる。

もしかしたら、とても大事な腕時計なのかもしれない。たとえば、父親に貰《もら》ったとか
——そう思うと、何だか切なくなってきた。

「安心して。私が責任を持って直してあげるわ。これは、それまでの代用品よ」

里佳子は、身を乗り出してサツキの腕を掴むと、テキパキと腕時計を着け替えた。

サツキは、どうしたらいいのか分からないといった様子で、ただじっとその作業を見つめていた。

「何だ。このしみったれた空気は――」

車のドアが唐突に開き、消防隊員の制服を着た男が、助手席に乗り込んできた。

山猫だった――。

「女の子だけの秘密よ」

里佳子は、そう言いながらみのりとサツキに、ウィンクをしてみせた。

「何が女の子――だ。アラサーの言うことじゃねぇだろ」

山猫が言い終わる前に、里佳子の張り手が飛んだ。

いかにも痛そうな音が車内に響く。

「何しやがんだよ！」

「女の子相手に、年齢の話なんか持ち出す、あんたが悪いのよ」

「突っ込まれるような発言をしたのは、お前だろうが」

「デリカシーがないから、あんたはいつも捨てられるのよ」

「は？　捨てられてねぇし」

「あの……」

みのりは、山猫と里佳子の口論に割って入った。

じゃれ合うのはいいが、みのりには気にかかっていることがあった。

「レッドモンキーは、盗めたんですか？」

みのりが問うと、山猫はにいっと笑ってみせた。

「おれを誰だと思ってんだ？」

「山猫――」

「違う」

「へ？」

「天才窃盗犯の山猫様――だ」

山猫は、そう言いながら、ポケットから腕時計を取り出した。

少し焦げて黒ずんでいるが、レッドモンキーの腕時計に間違いなさそうだ。

不測の事態がありながら、この短時間で警察の保管庫から盗み出してしまうのだから、天才を自称するだけのことはある。

「それで、次はどうするの？」

里佳子が訊ねた。

「まずは、一旦《いったん》、アジトに戻って、連中と取引の交渉だな」

山猫はマッチを擦って煙草に火を点《つ》けると、口の端を吊り上げてにんまりと笑った。

――この人は、何かを隠している。

みのりは、山猫の表情を見て、漠然と感じていた。

7

「残念だったね――」

勝村の前に座った、孫悟空のお面の男が、静かな口調で言った。

表情は見えないが、冷笑が混じっているようだった。

あのあと、勝村は再び手錠で拘束され、二十畳ほどの広さがある大広間に連れてこられた。

内装も、調度品も、全てが高級感溢れる品だし、鉄格子付きとはいえ、窓からは光が差し込んでいる。

心地がいい空間だが、十人を超える男たちに囲まれている状況は、地下の監禁室より悪いと言っていい。

おまけに、床に転がされた犬井は、完全に意識を失っている。

あれだけ殴られたのだ。しばらくは、目を覚ますことはないだろう。

「残念ながら、ここから逃げることはできない」

孫悟空のお面の男がそう続ける。

言われるまでもなく、こうなってしまえば、逃げることは不可能であることくらい分かる。

「ぼくを、どうするつもりですか？」

勝村が訊ねると、孫悟空のお面の男が、小さく声を上げて笑った。

「前にも言っただろ。君は、いざというときの保険なんだ。取り敢《あ》えず、〈猿猴《えんこう》の月〉を手に入れるまでは、生きていてもらうよ」

今の言い方——つまり、〈猿猴の月〉が手に入ったら、殺すと言っているようなものだ。

「〈猿猴の月〉って、いったい何なんですか？」

この連中が、そうまでして手に入れたい物が何なのか、どうしても気にかかった。

「本当は、知るべきではないんだが、冥途《めいど》の土産に、教えてあげよう」

そう言って、孫悟空のお面の男は優雅に足を組んだ。

やっぱり殺すつもりのようだ。何も知らされずに、殺されるのは、やっぱり納得がいかない。

「それで、何なんですか？」

「一言で言うなら、レシピだよ」

「レシピ？」

勝村は、思わず首を捻《ひね》った。

秘伝のソースを作るというわけでは無さそうだし、いったいどういう意味なのか、皆目見当が付かない。

「死んだ見猿という男は、実に優秀な贋作師《がんさく》だった。天才と言ってもいい」

「贋作師……」

その話は、山猫からも聞かされた。

「見猿は、十年ほど前に、ある物を完成させた。彼の最高傑作とも言うべき作品だ」

贋作師の最高傑作ということは、高級な絵画や石像の類《たぐ》いかもしれない。

最高傑作と言うのだから、一億や二億程度のものではないだろう。もっと高額な贋作ということになる。

「ゴッホとか、ピカソとかですか？」

勝村は、思いつくアーティストの名前を挙げた。

彼らの作品の精巧な贋作ということであれば、使い方によっては、数十億を超える利益を生み出すことができるだろう。現に、ゴッホの「ひまわり」は、日本の企業が五十八億という金額で落札したことがある。

だが、勝村の言葉を聞くなり、孫悟空のお面の男は、声を上げて笑い出した。

――何がそんなにおかしいんだ？

「何も分かっていないようだね。〈猿猴の月〉の前では、美術品の価値など、無いに等しい」

「え？」

そこまで言い切るということは、〈猿猴の月〉がもたらす利益は、数十億ではきかないということだろう。

——果たして、この世の中に、そんな物が存在するのか？

いくら考えてみても、勝村にはその答えを見つけ出すことができなかった。

もったい付けるような、長い間を置いたあと、孫悟空のお面の男は、ゆっくりと口を開いた。

「金——そのものなんだよ」

「金？」

「そう。〈猿猴の月〉とは、完璧《かんぺき》な紙幣を造る為のレシピだ」

孫悟空のお面の男の言葉を聞き、勝村は呆気《あっけ》に取られた。

「つまり偽札の製造方法が記されているということですか？」

「話を聞いていたのか？」

「だって、今……」

「私は完璧な——と言ったんだ。原版を使って似ている物を造るのとは、訳が違うんだよ。流通している紙幣と、全く同じ紙、製法で造られたものは、もはや本物だ」

「そんな……」

果たして、そんなことが可能なのだろうか？

海外の途上国の紙幣ならまだしも、日本の紙幣は、偽造防止の為に、精巧な印刷技術によって造られている。

紙もインクも特殊な物を使い、透かしだけでなく、ホログラムまで導入し、最高難易度の印刷技術で製造されている。

はっきり言って、完璧な偽札を造るなど不可能だ。

「無理だと思っているようだね。でも、見猿は、それを成し遂げた。紙の製造方法はもちろん、使用しているインクの配合、透かしの方法、ホログラムに至るまで全て」

「…………」

「しかも、彼が造り上げたのは、日本の円だけではない。ドル、元、ユーロ、ウォン――ありとあらゆる国の紙幣を完璧にコピーしてしまった」

「な、何と……」

天才と謳《うた》われた男だからこそ、成し遂げることができた偉業――といったところか。

勝村は、ここにきて、〈猿猴の月〉と呼ばれた意味を改めて理解した。

猿が、井戸に映った月を手に入れようとして、溺《おぼ》れ死んだという故事に由来しているのは、それが偽札だったからだろう。

月は、金を意味している。そして、水面《みなも》に映る月は、そのまま偽札を暗示していたのだ。

おそらく、山猫はこのことを知っていて黙っていたに違いない。

「〈猿猴の月〉の価値が分かったかい？」

確かに、莫大《ばくだい》な財を無尽蔵に生み出す金の卵だ。絵画の贋作で手に入れる利益など、比較にはならない。

だが――。

「そんなことをすれば、国の経済が崩壊しますよ！」

偽札が大量にばら撒《ま》かれるようなことになれば、紙幣の価値が崩壊し、ハイパーインフレなどを引き起こすことになる。そうなれば、国の経済そのものが揺らぐ。

戦時下においては、敵国に偽造紙幣を流通させるという戦略まで採られたほど、国にダメージを与えるものなのだ。

だから、偽札造りは重罪として罰せられる。

それだけではない。造られた紙幣が、複数の国にまたがっているとなると、その影響は計り知れない。

世界恐慌を巻き起こすことにもなりかねない。

「もし、それが目的だとしたら？」

孫悟空のお面の男の問いかけに、勝村は身体が硬直した。

この男たちの、本質を見た気がする。彼らは、金儲《もう》けが目的だったのではなく、国そのものにダメージを与えるテロリストだったというわけだ。

偽札という手法を使い、じわじわと真綿で首を絞めるようなやり方で――。

「でも、そんなことをしたら、あなたたちだって、只では済まない」

「そうだろうね」

　孫悟空のお面の男は、平然と言った。

「え？」

「力も、要は使いようなんだよ。私のクライアントは、中国マフィアだが、その背後には、さらに大きな組織が控えている」

「も、もしかして……」

　勝村が口にすると、孫悟空のお面の男が小さく頷いた。

「想像した通りだよ」

　思わず身震いした。冗談ではない。国家が絡んでいるとでも言うのか？

「でも、何で？」

「彼《か》の国のバブルが崩壊し、経済が著しいまでに衰退しているのは、知っているだろ」

「ええ」

「力を失いつつある国が、かつての繁栄を取り戻す為には、日本を始めとするアジア諸国への進出は、必要不可欠だ」

「あなたたちの言う進出とは、経済面だけでなく、領土面も含めて──という意味ですか？」

　勝村の問いに、孫悟空のお面の男は、嬉《うれ》しそうに笑ってみせた。

「さすが、雑誌の記者だ」

——やはりそうだったか。

彼らは、偽札を使って経済的な打撃を与え、国を弱体化させることで、近隣諸国との領土問題を有利に進めようとしている。

大げさではなく、果ては自国の植民地にでもしようとしているのかもしれない。

何としても、阻止しなければならない。だが、今の勝村には、どうすることもできない。自らの命が、風前の灯火《ともしび》なのだ。

「ぐっ……」

勝村が唸ったところで、ドアが開き、猿のお面を被った男が部屋に入ってきた。そのまま、孫悟空のお面の男の脇まで移動すると、何事かを耳打ちした。

声は聞こえないが、何かが起きたことは容易に想像できた。

「山猫が〈猿猴の月〉を手に入れたようだ」

孫悟空のお面の男は、ずいっと勝村に顔を近付けながら言った。

「山猫が？」

「さすが、天才を自称するだけのことはある」

「これから取引をするつもりですか？」

勝村が訊ねると、孫悟空のお面の男は、声を上げて笑った。

「もっと効率的な方法をとる」

「効率的？」

「そう。今から、山猫のアジトに乗り込み、〈猿猴の月〉を奪う」

　余計な交渉をすることなく、力を使って問答無用に奪い去る。確かに、効率的な方法といえる。だが――。

「山猫のアジトを知らないでしょ？」

　勝村が挑発するように言うと、孫悟空のお面の男は、よりいっそう大きな声で笑った。

「人の話を聞いていなかったのか？」

「え？」

「サツキという少女は、我々が放ったスパイだと言っただろ。山猫の居場所は、とっくに摑んでいるんだよ」

「ぐっ……」

　そういえば、そうだった。

　信じたくはないが、サツキが裏切り者であったとするなら、山猫の居場所など、とっくにバレているのだろう。

「行け！」

　孫悟空のお面の男が指示を出すと、ボディーガードの二人を残して、配下の男たちがぞろぞろと部屋を出て行った。

　部屋が、静寂に包まれたところで、孫悟空のお面の男は拳銃を取り出し、見せつけるようにテーブルの上に置いた。

「〈猿猴の月〉が無事に手に入ったら、保険である君の存在は、必要なくなる」

冷ややかな言葉に、勝村は背筋が震えた。

8

「なぜ、こんな場所を指定したんでしょう？」

さくらは、目の前に建つ雑居ビルを見上げながら口にした。

コンクリートの打ちっ放しの壁で、鉛筆のように細長い七階建てのビルだ。一階には古着屋、二階には喫茶店が入っている。

指定されたのは、このビルの三階だ。

「さあな。何か意図はあるんだろうが、さっぱり分からん」

関本は、おどけたように口にする。

「そうですよね」

今、あれこれ考えても仕方ない。

まずは、あの老人が何者か、会って確かめないことには始まらない。

前回と同様、罠に飛び込むような行為ではあるが、今回は万全を期している。別班の協力も仰ぎ、ビルの周辺に刑事を多数配置してある。

近隣の交番にも協力を要請してあり、すぐに出動できる準備をさせている。

「まあ、行ってみようじゃねぇか」

関本は、がに股で歩き出した。さくらも、すぐそのあとに続く。

申し訳程度にあるエントランスを潜り、エレベーターのボタンを押す。二人で息苦しくなるようなエレベーターに乗り、目的の三階で降りる。

すぐ脇に、鉄製の扉があった。

看板の類いは設置されていなかったが、下の階の状況などから考えて、店舗であることは想像できた。

関本は、扉の前に立つと、拳銃を抜いて弾を確認している。不測の事態に備えているのだろう。現に、昨晩は銃撃戦が起こっている。

さくらも、拳銃を抜き、同じように弾を確認する。

できれば拳銃を使うような事態には、なって欲しくないものだ——小さくため息を吐きながら、拳銃をホルスターに仕舞った。

関本が、目で「行くぞ」と合図する。

さくらが、大きく頷いて応《こた》えると、関本が扉に手をかけた。鍵はかかっていないらしく、すんなり開いた。

警戒しながらも、素早く中に身体を滑り込ませる。

周囲に視線を走らせる。薄暗い店内には、呼び出したであろう老人はおろか、人っ子一人いなかった。

「どういうことでしょう？」

さくらは、警戒を解きながら、関本に訊ねた。

「さあな。だが、このまま帰るわけにもいかんだろう」

「そうですね──」

単に到着が遅れているだけのことかもしれない。

現段階で、誰もいないからと引き上げてしまうのは、いくら何でも尚早だ。

関本は、テーブル席に腰掛けると、煙草に火を点けた。

さくらは、向かいの席に腰掛ける。

「釈然としませんね」

さくらは、苦い顔で口にした。

「何がだ？」

「なぜ、この場所だったんでしょう？」

前回のときは、呼び出した場所にこそ意味があった。

弁護士の坂崎と、中国マフィアとのつながりを炙《あぶ》り出すことになったのだ。だが、今回はそういった意図が感じられない。

「ここだって、何か意味があるかもしれん」

「まあ、そうですけど……何だか、踊らされている気がして……」

さくらが言うと、関本がふっと笑みを浮かべた。

「いいじゃねぇか」

あまりにあっけらかんとした回答に、さくらは、思わず「へ？」となる。

「何を考えているか知らんが、ここまできたら、とことんまで道化として踊ってやろうじゃないか」

「それも、そうですね――」

さくらは、本心から口にした。

今、あれこれ考えたところで、どうにもならない。関本の言うように、とことんまで付き合うしかないのかもしれない。

一息吐いたところで、関本の携帯電話が鳴った。

「関本だ――」

電話に出た関本の顔が、みるみる強張《こわば》っていく。

ビルの周囲で張り込んでいる刑事の誰かからの連絡だろう。会話の内容は聞こえないが、何かが起きたのは確かだ。

「おいでなすったようだ」

電話を切るなり、関本が言う。

さくらは、素早く窓際に移動すると、そこから外の様子を窺った。

ちょうどエントランスが見えた。

ビルに入って来る男の影が見えた。一人ではない。複数だ。やはり、ただ話をする為だけに呼んだのではなさそうだ。

9

犬井が目を覚ましたのは、絨毯《じゅうたん》の上だった——。

手を後ろに回され、手錠でつながれていて、思うように動けない。いや、仮に両手が自由であったとしても、度重なるダメージで、身体がいうことをきかなくなっている。

顔を持ち上げると、ボス猿の姿が見えた。

そして、それと向かい合うように座っている勝村——。

他の連中は出払っているのか、護衛は二人だけだった。普段であれば、手錠をしていても制圧できるが、今の犬井は、子どもが相手でも手こずるだろう。

「お目覚めのようですね——」

ボス猿が、犬井に向かって冷ややかな口調で言った。

「てめぇ……」

「あまり、暴れてもらっては困る。あなたは、大切な商品なんだからね」

「何が商品だ……」

「本当に、恐ろしい人だ。この期に及んで、まだ反抗的とは——さすがは、あの男の息子だね」

「あの男？」

今まで、黙っていた勝村が、敏感に反応して声を上げた。

「黙ってろ！」

犬井は吠《ほ》える。

だが、ダメージのせいで、思ったほど大きな声は出なかった。

そんな犬井を楽しむかのように、ボス猿はゆっくり犬井の許《もと》に歩み寄ると、お面越しに蔑《さげす》んだ視線を投げて寄越《よこ》す。

「この男は、何を隠そう、三猿のリーダーである、言わ猿の息子なんだよ」

勝村が驚愕の表情を浮かべながら、じっと犬井を見つめている。

犬井は、舌打ちを返すのが精一杯だった。

戸籍上は、犬井に父親はいない。だが、それは書類上の話だ。

そもそも、あれを父親と呼んでいいのか分からないし、血縁関係があったかも定かではない。

ただ、ときどき、家に来る男がいた。

ふらっとやって来て、数ヶ月家にいたかと思うと、またふらっと出て行き、一年帰って来ないなんてこともあった。

周囲から見たら、特異な状況なのだが、犬井は気にならなかった。そもそも、そういう関係しか知らないのだから、そういうものだと思う他なかった。

小柄で痩せた男で、ギラついた目をしていた。

幼いながらも、堅気の男でないことは、何となく察しがついていた。首筋に、三匹の猿が手をつなぎ、円になった入れ墨が入っていたのが、その証拠だ。

無口な男で、ほとんど言葉をかわすことはなかったが、それでも、犬井は男のことが嫌いではなかった。

べたべたと愛情を確かめあったわけではないが、一緒にいることは苦ではなかった。

小学生の頃、学校で目をつけられ、手酷《てひど》くやられることがあった。家に帰った犬井を見て、あの男は理由を問わず、犬井に格闘術のレクチャーを始めた。

小柄だったが、その動きは素早く、そして容赦のないものだった。

それからは、顔を合わせる度に、拳《こぶし》をぶつけ合うことが、日課になった。あの男との関係は、痛みとともに刻まれてきたと言っても過言ではない。

犬井が中学に上がる頃になって、母が肝臓を患い入院した。それから半年と経たずに、母は他界した。

報《しら》せを聞き、犬井が病室に駆けつけると、あの男がベッド脇に佇《たたず》んでいた。

犬井の姿を見ると、泣き笑いのような表情で、ただ一言「すまなかった――」と告げ、病室を出て行った。

それっきり、男は姿を見せなくなった。

犬井は児童養護施設に入り、高校を卒業したあと、警視庁に入庁した。

交番勤務のあと、刑事部に配属になり、牧野とコンビを組むようになった頃は、あの男のことも忘れかけていた。

だが、ある窃盗事件を追っていたとき、締め上げたチンピラから、三猿と名乗る窃盗団の噂を耳にした。

美術品や歴史的に価値のある品を扱うその窃盗団は、仲間の証《あかし》として、三匹の猿が手をつなぎ、円になった模様を、入れ墨として入れているのだという。

犬井はその話を聞いたとき、身体の芯《しん》から震えた。

間違いない。あの男の首筋にあったのは、三猿の仲間の証だ。

それから、犬井は密《ひそ》かに三猿を追い始めた。もちろん、上司や同僚に喋《しゃべ》ったことはない。言えば、警察官としての身分を剝奪《はくだつ》される可能性もあった。

唯一、牧野にだけは、真実を話した。

なぜあの男を追いかけているのか、自分でもよく分からなかった。

あの男に対して、恨みが募っているわけではない。それでも――捜さなければならない気がしていた。

いつ、そうなったのかは分からないが、自分の手で逮捕しなければならないとすら、感じるようになっていた。

ところが、十年ほど前に、裏の社会にある噂が流れた。

三猿が中国マフィアとトラブルを起こし、追われている――と。

そのうち、三猿の連中は、中国マフィアが放った殺し屋に始末されたという話が、まことしやかに流れてきた。

それ以降、プッリと三猿の話を耳にしなくなった。

犬井も、噂通り三猿が死んだと思うようになり、やがて、彼らを追いかけなくなった。

ところが――。

工場で発見された死体の掌《てのひら》を見た瞬間、身体の中で再び執念とでもいえるものが燃え上がった。

そして、犯行現場付近で犬井を見ていた男――。

猿のお面を被ってはいたが、犬井にはすぐにそれがあの男だと分かった。

犬井は、そうして事件を追い始めた。

――本当にそうか？

脳裏で声がした。それは、あの男の声だった。

本当に、あの男のことを何とも思っていないのだとしたら、なぜ、こんなにも必死になって追いかけた？

恨みも、愛情もない男なら、別に自分で追う必要はなかった。

犬井は事件を追いながら、冷静さを欠いていた。だからこそ、まんまと囚われの身となったのだ。

あの男が、犬井にとって特別な存在だったからこそ、自分を見失ってまで追いかけたのではないか？

　頭の奥から、閉じ込めていた記憶が、次々と浮かんでくる。

　それは、あの男と過ごした日々の記憶であり、母が死んだ日に、犬井の中に生まれた感情でもあった。

　――違う！

　犬井は、頭《かぶり》を振って自らの記憶を封じ込めた。

「それがどうした？」

　犬井は、ボス猿を睨み付けた。

「強がっているのか？」

「黙れ！」

　犬井は宣言するように言うと、ゆらりと身体を起こした。

「むかつく男だ。牧師に渡す前に、殺してもいいんだぞ」

　そう言って、ボス猿が拳銃の銃口を犬井の額に押し付けた。迂闊《うかつ》に距離を詰めてくるとは、本当に愚かな男だ。

　犬井は、首を振って銃口を躱しつつ、そのままボス猿の右腕に噛《か》みついた。

「放せ！　放せ！」

　ボス猿が必死に暴れる。

　すぐに二人のボディーガードが駆け寄ってきて、強引に犬井を引き剝《は》がしにかかる。

犬井は、引き剝がされながらも、ボス猿の腕の肉を食い千切ってやった。

「お前！　もう殺す！」

ボス猿が、左腕で拳銃を構え、犬井に向けた。

完全に頭に血が上っている。迷いなく引き金を引くだろう。

どうやらここまでらしい――。

そう思った瞬間、勝村が立ち上がり、ボス猿に体当たりした。

だが、少し遅かった。

ボス猿の拳銃が火を噴き、衝撃とともに犬井の意識を断ち切った――。

10

――遅かった。

勝村は、忸怩《じくじ》たる思いで、倒れている犬井を見つめた。

助けようと飛び出したものの、判断が少しばかり遅れてしまった。

もっと早く助けようとは思っていたが、恐怖で足が竦《すく》んでしまった。自分の弱さが悔やまれる。

「調子に乗るなよ」

孫悟空のお面の男が、勝村に銃口を向ける。

お面を被ってはいるが、憤怒《ふんぬ》の表情を浮かべているのが、ありありと分かる。命乞《いのちご》いをしても無駄だろう。この男は、殺すと決めたら容赦なく殺す。犬井の姿を見れば、一目瞭然《りょうぜん》だ。

それでも――。

こんなところで、死ぬわけにはいかない。何としても、生き残ってみせる。強く念じてはみたものの、何か策があるわけではない。

さっきみたいに、体当たりして、あとは全力疾走で逃げるくらいしか思い浮かばなかった。

そんな勝村の考えを見透かしたように、ボディーガードである二人の男が、左右から勝村の身体を押さえ付けた。

これで、たった一つの可能性が絶たれた。

――山猫。

ふと、山猫が助けに来ることを期待してみたが、それも無駄だろう。

今、猿のお面の男たちが大挙して、〈ＳＴＲＡＹ　ＣＡＴ〉のアネックスに押しかけているところだ。

勝村を助けるどころか、自分たちの命が危険に晒《さら》されているのだ。

最悪、山猫は逃げ切ることができるかもしれないが、一緒にいるみのりとサツキは――

――それを思うと、自分のことより、はるかに心が痛んだ。

いや、そうではない。サツキは、この男たちのスパイだった。それを見抜けなかった、自分の浅はかさを呪うしかない。

「そろそろ、〈猿猴の月〉が手に入る頃だ。お前は、もう用無しだ」

孫悟空のお面の男の指が、拳銃のトリガーに触れた。

せめて死ぬ前に、もう一度さくらに会いたかった――何か特別、話したいことがあったわけではない。

ただ、一目見るだけでよかった。

そんなささやかな願いも、もう叶《かな》わない。勝村は、瞼《まぶた》を閉じ、記憶の中のさくらの笑顔を引っ張り出した。

と、そのとき――。

キィィッ――という高周波の音が響き渡った。

――何だ？　何が起こった？

勝村は目を開ける。

猿のお面の男たちも、何事かと辺りに視線を走らせるが、音の出所が分からない。キョロキョロと辺りを見回しているうちに、唐突に音が止んだ。

「何だ？」

〈えぇ～っさ。えぇ～っさ。えっさほぉいさっさ～。お猿ぅの駕籠《かご》屋ぁだぁほぉいさっさぁ～〉

どこからともなく、調子外れの歌が聞こえてきた。

この歌は——もしかして？

さっきまで、絶望の底に叩き落とされていた勝村の心の奥底に、希望の光が灯《とも》った。

——だが、どうして？

山猫は、サツキのスパイ行為により、今は猿のお面の連中の襲撃に遭っているはずだ。助けに来られるはずがない。

これは勝村の願望が生み出した幻聴なのだろう。

よりにもよって、人生の最後に山猫の調子外れの歌を思い出すとは——何だか複雑な気分だ。

勝村が、小さくため息を吐いたところで、バキッという音とともに、天井のパネルが外れ、何かが落下してきた。

名門女子高校の制服にベネチアンマスクという、奇妙な出《い》で立ちをした少女だった。

顔など見なくても、それが誰なのか分かる。あんな奇抜な恰好をして出歩く人物は、一人しかいない。

黒崎みのりだ——。

みのりは、重心を低くして素早く勝村に駆け寄ると、押さえつけている男の一人に、綺麗《きれい》な回し蹴りを炸裂《さくれつ》させた。

あまりのことに、呆気にとられているもう一人の男の顎先《あごさき》に、突き上げるようなアッパーカットをお見舞いしたかと思うと、足払いをしてその場にねじ伏せた。

「ど、どうしてみのりちゃんが……」

勝村は驚きの声を上げた。

今、山猫のアジトが襲撃されているはずなのに——。

11

さくらは、関本と扉の脇に身を隠した。

ドタドタと階段を駆け上がる音が、近付いてくる。正確な数は分からないが、人数はかなり多いようだ。

さくらは、腰に挿してある特殊警棒を抜いた。

狭い店内での乱戦になった場合、拳銃より警棒の方が有利だ。

バンッというけたたましい音とともに、扉が勢いよく開き、猿のお面を被った男たちが、店の中に雪崩《なだ》れ込んできた。

その数は、十人を軽く超えている。

「動くな！　警察だ！」

関本が一喝すると、雪崩れ込んできた男たちが、一瞬、動きを止めた。

が、それもほんのわずかな間だった。男たちは、「おぉぉ！」と雄叫《おたけ》びを上げながら襲いかかってきた。

さくらは、真っ先に殴りかかってきた男の腕を掴み、床の上に投げ飛ばす。

次に、蹴りを繰り出してきた男の脛《すね》を、特殊警棒で弾《はじ》き返す。

悶絶《もんぜつ》している男の顔面に肘打《ひじう》ちを食らわした。

息つく間もなく、別の男がトンファーのようなものを振り回してくる。

さくらは、その攻撃を必死にかわす。

カウンターの上にあったボトルやグラスが、次々と砕け散る。

日本語ではない言語で叫びながら、男がトンファーを大きく振り上げる。さくらは、その隙を逃さず、距離を詰めて股間に膝蹴《ひざげ》りをお見舞いした。

トンファーの男は、股間を押さえて悶絶する。

だが、その間に最初に投げ飛ばした男が、頭を振りながら起き上がってきた。

――これじゃキリがない。

多勢に無勢。このままでは、すぐに疲弊して、反撃できなくなる。周囲に配備している刑事たちの応援を呼ぶべきだ。

さくらは、チラリと特殊警棒を振り回している関本を見た。

視線で意図を察したらしい関本だったが、彼も男たちの攻撃を凌《しの》ぐので精一杯で、応援を呼んでいる余裕がない。

――このままでは、やられるのは時間の問題だ。

考えを巡らせていたせいで、隙が生まれた。

男の中の一人が、青竜刀を抜き、さくらに向かって真っ直ぐ振り下ろしてきた。

「くっ！」

さくらは、咄嗟《とっさ》に警棒で受け止める。

男は、青竜刀に力を込め、ぐいぐいと押し込んでくる。

関本に助けを求めようとしたが、向こうは向こうで、短槍《たんそう》を持った男とやり合っている。とても、さくらをカバーする余裕はなさそうだ。

そうこうしているうちに、青竜刀の刃《やいば》が、さくらの顔に触れるくらいまで、押し込まれてしまった。

頬から血が流れ出す。

かくなる上は、肉を切らせて骨を断つ。斬られることを覚悟で、警棒でのガードを捨て、反撃に転じるしかない。

そう思った直後、誰かが青竜刀を持った男の頭を、ウィスキーのボトルで殴りつけた。

砕け散るボトルの破片と一緒に、青竜刀の男が沈んだ。

──誰？

視線を向けたさくらは、思わず眉《まゆ》を顰《ひそ》めた。

そこには、モデルのようにすらりとした長身の女性が立っていた。

「あなたは……」

さくらは、この女性を知っていた。

ウロボロスの事件のときに、顔を合わせている。さくらに、事件の情報を流してきた女性だ。

何者なのかは知らないが、一つだけはっきりしているのは、彼女が山猫の一派であるということだ。

「大変そうね。少しだけ、手伝ってあげるわ――」

女性は、妖艶《ようえん》な笑みを浮かべるなり、左右から挟み撃ちにしようとしていた男たちを、軽快なステップからの、強烈なキックで仕留めてみせた。

なぜ、彼女がここにいるのか？　どうして、警察を助けようとするのか？　何を目的にしているのか？

色々と問い質《ただ》したいことはあるが、まずはこの連中を制圧してからだ。

勢いを取り戻したさくらは、近くにいた男の膝に警棒を打ち付け、跪《ひざまず》いたところにパンチをお見舞いする。

別の男が襲いかかってきたのをかわしつつ、警棒でボディーを打つ。

女性の登場により、少しは状況が好転したが、それでも数で圧倒されている。このままでは、やがてさっきの二の舞いだ。

「そろそろいいかしらね」

女性は、小さく笑みを浮かべると、空き缶のようなものを床に転がした。

そこにいる男たちに、次々と蹴られ、床の上を転々としたあと、その缶がボンッと破裂した。

一気に煙が噴出して、瞬く間に店の中に充満した。

ただの煙ではない。催涙ガスだ——。

咳が止まらず、目を開けていられない。それは、さくらだけではなく、他の連中も同じだった。

あちこちで、噎《む》せ返っている声がする。

ようやく、目を開けられるようになった頃、勢いよく店の扉が開き、刑事たちが駆け込んできた。

催涙ガスの煙を見て、緊急事態と判断し、突入してきたのだろう。

——助かった。

ほっとしながらも、さくらはさっきの女性を捜して視線を走らせる。

催涙弾を使ったのは彼女だ。

だが、いくら見回してみても、その姿を見つけることはできなかった。

まるで煙のように、きれいさっぱり消えていた——。

12

ない。

「何だお前は！」

孫悟空のお面の男が、みのりに向かって叫んだ。なぜ、みのりがこの場所にいるのか、疑問は残るが、今はそれに構っているときではない。

孫悟空のお面の男は、拳銃を所持している。

「早く逃げて！」

勝村の言葉に、みのりは小さく笑みを浮かべる。

「てめぇの欲望の為に、師を裏切るようなクズに、名乗る名はない。見猿の無念、私が代わって晴らす！」

みのりは、拳銃を向けられているというのに、まるで怯《ひる》む様子もなく、正義の味方のような口上を述べる。

――ダメだ。

相手は女子どもだからと、容赦してくれるような輩《やから》ではない。

案の定、孫悟空のお面の男は、拳銃のトリガーに指をかけ、狙いをみのりに定めた。

「止《よ》せ！」

勝村が駆け出す前に、孫悟空のお面の男の背後に、人が立った。

猫のお面を被った男だ。

顔を見なくても、だいたい見当は付く。

山猫だ——。

孫悟空のお面の男が、背後の存在に気付き、慌てて振り返ったときには、もう手遅れだった。

山猫が、素早い動きで男から拳銃を奪い取ると、バラバラに分解してしまった。

「なっ！」

「おれを出し抜いたつもりだろうが、詰めが甘いんだよ」

山猫は、お面を外して冷ややかに言う。

「いったい、どうやって……」

「機械に頼るから、簡単に裏をかかれるのさ。本物の聞か猿なら、こんなミスは犯さない」

「くっ！」

分が悪いと踏んだのか、孫悟空のお面の男は、走って逃げ出す。

山猫とみのりが、それを追いかけるかと思ったが、どういうわけか二人は動かなかった。

このままでは、逃がしてしまう。そう思った矢先に、扉が開き、一人の少女が姿を現した。

——サツキだった。

一度、足を止めた孫悟空のお面の男だったが、相手がサツキだと分かると、「どけ！」

と一喝して突進していく。

丸腰とはいえ、孫悟空のお面の男は、相当な手練《てだ》れだ。サツキでは足止めどころか、簡単に突破されてしまう。最悪の場合、人質にされることだって考えられる。

――あれ？　でも、サツキはスパイではなかったのか？

勝村が困惑している間に、サツキが銃のようなものを取り出し、それを孫悟空のお面の男に向けた。

「父さんの敵！」

言うなり、サツキは持っていた銃器のトリガーを引いた。

撃ち出されたのは、鉛の弾丸ではなかった。

細いワイヤーのついた針が飛び出し、孫悟空のお面の男に命中したかと思うと、男は身体を仰《の》け反らせて、パタリと倒れた。

命中と同時に、高圧電流を流し、行動不能にする電気ショック銃を使用したのだろう。

「貴様ら……許さんぞ……」

孫悟空のお面の男が、身体を硬直させながらも、呻《うめ》くように言う。

「うるせぇんだよ」

山猫が、顔面を踏み付けた。

被っていたお面が割れ、男は白目を剥いたまま動かなくなった。

――助かった。

ほっとした勝村だったが、正直、分からないことだらけだった。

「いったい、何がどうなってるんだ？」

勝村が訊ねると、山猫がニヤリと笑った。

「簡単な話だ。こいつは、罠にかかったんだよ」

山猫が、孫悟空のお面の男の顔をコツンと蹴る。

「罠ってどういうこと？　だって、サツキちゃんはスパイだって……」

孫悟空のお面の男は、勝村にそう言っていたのだ。だから、情報が筒抜けになってい
る——と。

「いたいけな少女を、スパイ扱いするとは、酷い男だな」

山猫がチラリとサツキに目を向ける。

「でも……」

反論しかけた勝村だったが、サツキの真摯《しんし》な目を見て、疑いが吹き飛んだ。彼女が、
スパイ行為などするはずがない。

そうなると、いったいどういうことなのか分からなくなる。

「まあ、本人がそう望んだのではなく、スパイに仕立てられていたってところだな」

山猫が、マッチを擦って煙草に火を点けながら言う。

「仕立てられた？」

「そうだ」

山猫は、言いながらポケットから腕時計を取り出すと、勝村に放り投げた。

サツキがしていたG‐SHOCKの時計だ。文字盤が外され、中の歯車が剝き出しになっている。

「これって……」

「こいつらは、サツキを捕らえたあと、腕時計に細工を施して、敢えておれたちに奪還させたのさ」

「細工？」

「そう。腕時計には、GPS兼盗聴器が仕掛けられていたんだよ」

「ああ……」

ようやく納得した。

GPSで場所を特定し、盗聴器で情報を入手していた。サツキは、知らず知らずのうちに、スパイ行為に荷担してしまっていたということだ。

「おれ様を相手に、この程度で欺けると思ったら、大間違いだ」

山猫が、高らかに笑うと、みのりがむっとした顔をした。

「知っていたなら、最初に教えておいて欲しいです。こっちは、何も知らずに振り回されたんですから――」

「だから、メモを渡してやっただろ」

山猫とみのりの会話を聞きながら、勝村はようやく得心した。

山猫は、GPS兼盗聴器が仕込まれた腕時計を、敢えて放置することで、意図的に嘘の情報を彼らに流していた——ということのようだ。

そうしておいて、相手の行動を巧みに操り、逆に罠に嵌《は》めたのだ。本当に抜け目のない男だ。

だが——。

「彼らが違う行動をとったら、どうするつもりだったんだ？」

この男たちが、山猫の読み通りに動かない可能性は、充分にあったはずだ。

「そうならない為に、こっちもスパイを潜り込ませておいたんだよ」

「スパイ！」

勝村は、思わず声を上げる。

この中に、山猫のスパイが紛れ込んでいるなんて、まったく気付かなかった。というか、思い当たる人物が一人もいない。いや、違う。一人だけいる——。

「もしかして、犬井さん？」

勝村が言うなり、山猫が「バーカ」と吐き捨てた。

「見境なく噛みつく狂犬に、スパイなんかやらせられるわけねぇだろ」

山猫が、倒れている犬井にチラリと視線を送りながら言った。

「ちなみに、こいつはまだ生きてるぜ」

山猫がそう続ける。

「え？」

「弾丸は命中していない」

慌てて駆け寄り、犬井の顔を覗き込む。

確かに、頭に弾丸で受けた傷はできていない。息もしているようだ。どうやら、勝村の決死の体当たりは無駄ではなかったようだ。

「言っておくが、お前のお陰で助かったわけじゃねぇぞ」

山猫が、勝村の心情を見透かしたように言う。

「でも……」

「撃たれる寸前に、別角度からゴム弾を撃ち込んだんだよ」

この口ぶりからして、山猫たちはずいぶん前から、この建物に侵入していたようだ。もっと早く助けてくれればいいものを——怒りはあったが、文句を言ったところでいなされるだけだろう。

「だとしたら、スパイはどこに？」

勝村が訊ねると、山猫が不敵な笑みを浮かべた。

「お前だよ——」

山猫が、勝村を指差す。

「え？」

「だから、お前がスパイだったんだよ」

山猫は言いながら、勝村がかけていたメガネをひょいっと取り上げる。

「あっ!」

「お前のメガネは、盗聴器やら、カメラやらが仕掛けられた、ハイテクメガネになってんだよ」

山猫がメガネを投げて返してきた。

このメガネは、細田から受け取ったものだ。前のメガネが割れたから、その代わりだと説明されていたが、実はそれだけではなかったというわけだ。

メガネが重いとは思っていたが、まさかそれほどの機能が備わっているとは——。

「ついでに言うと、そのメガネがあったから、おれたちは侵入できたってわけだ」

「どういうこと?」

「そのメガネは、電波も発信していてな。中に入った段階で、セキュリティーシステムを無効にするウィルスをまき散らしていたんだよ」

「凄い——」

勝村は、メガネをかけながら感嘆の声を上げる。

さっき山猫が、機械に頼るから、裏をかかれると吐き捨てていた。

電子ロックや、静脈認証などは、セキュリティーレベルは高くなるかもしれないが、システムがダウンするだけで、全ての機能を失ってしまう。

その結果として、山猫たちは簡単に建物の中に侵入することができたというわけだ。

慢心が招いた末路といったところだろう。

「何を得意になって語ってるんだ！　作ったのはぼくだぞ！」

文句を言いながら、部屋に入って来る男の姿が見えた。

細田だ――。

そのでっぷりとした姿を見て、勝村は今更のように思い至ったことがある。

仕掛けを施したメガネを持たされたということは、最初から勝村をスパイに仕立てることを計画していたということだ。つまり――。

「今回の作戦は、ぼくが捕まることが前提だったってこと？」

勝村が問うと、山猫は悪びれることなく「正解――」とパチンと指を鳴らした。

本当に頭にくる。

せめて、最初に言っておいてくれれば良かったのに――と思いはしたが、きっと知っていたら、隠し通すことはできなかっただろう。

山猫は、全てを承知した上で、巧みに周囲を操り、ここまでのことをやってのけたというわけだ。

つくづく、恐ろしい男だと思う。

「じゃあ、猿のお面の連中は、もぬけの殻になったバーに行っているってことか――」

口にすると同時に、嫌な考えが頭に浮かんだ。

足を運んだ場所に山猫たちがいなければ、騙《だま》されたと気付き、あの連中が戻って来るかもしれない。

「安心しろ」

山猫が、勝村の不安を見透かしたように言った。

「え？」

「バーには、警官隊がわんさか待っている。今頃、連中は一網打尽にされているさ」

「何で警察が？」

「そういう手はずになっているんだよ。そうだろ。言わ猿さんよ——」

山猫が言うのと同時に、もう一人部屋に入ってきた男がいた。

六十を超えていそうな老齢で、体格は小柄だが、ギラついた目をしていて、他を圧倒する異様な空気を放っている。

勝村は、初めて見る顔だったが、みのりは知っているらしく、はっと驚きの表情を浮かべる。

細田は、引き攣《つ》った表情を浮かべて、顔を逸《そ》らした。

「色々と世話になったな」

老人が穏やかな口調で言った。

「何が世話になった——だ。余計なことを押しつけやがって」

山猫が舌打ち混じりに言う。

勝村は、全く知らなかったが、どうやら山猫とこの老人は、裏で結託して、作戦を遂行していたということのようだ。

　そして、この老人のことを、さっき山猫は言わ猿と言っていた。

「あなたは……」

「この男が、三猿のリーダーだった言わ猿だ」

　老人に代わって、山猫が答えた。

「でも、言わ猿は……」

「中国マフィアに狙われることになった言わ猿は、様々な工作をして、自分たちが死んだと思い込ませたんだよ」

「そもそも、なぜ中国マフィアに狙われることに？」

「〈猿猴の月〉さ。連中は、見猿が造り上げた、〈猿猴の月〉を狙っていたのさ」

「それで、自分たちの存在を消した――」

「そうだ。だが、最近になって、三猿が健在で、葬り去られたと思っていた〈猿猴の月〉が存在することを、突き止めた奴がいる」

「誰？」

「この前、そこの犬が捕まえた羊だよ」

「ああ……」

　勝村は、納得の声を上げた。

　牧野大師。元、犬井の相棒で、犯罪コーディネーターとして、暗躍していた人物だ。

「羊は、中国マフィアと手を組み、〈猿猴の月〉を手に入れる作戦を実行したってわけだ」

納得しかけた勝村だったが、引っかかりを覚えた。

「この男は、自分のことを聞か猿だって名乗ってたけど……」

勝村は、倒れている男に目を向けた。

「バーカ。こいつは偽者だ。本物は別にいる」

「別？」

「そうだよな。デブ田」

「細田だって！」

細田が、大きく頬を膨らませながら言った。

「え？」

「言っただろ。聞か猿は、イケメンなんだよ。こんなぶ男じゃない」

細田は、そう言って孫悟空のお面を被っていた男を指差した。

「もしかして、細田君が聞か猿なの？」

「だから、そう言ってるだろ」

細田が大きく胸を張る。

「でも、入れ墨が……」

「あるよ。ここに——」

そう言って、細田は自分の服を捲《めく》って腹を見せた。

確かにそこには、三匹の猿が、手をつないで円になっている、例の模様の入れ墨があった。昔は、かなり痩せていたのだろう。見るも無惨に歪《ゆが》んでしまってはいるが……。

今回の一件は、サツキを助けたことから始まったと思っていたが、どうやらそれよりずっと前から、山猫たちは動いていたらしい。

「じゃあ、この男は何者なんだ？」

勝村は意識を失っている、偽の聞か猿に目を向けた。

「この男は、かつて見猿の弟子だった男だ」

「弟子？」

「そう。残念ながら、この男には、見猿のような才能はなかった。十年前、見猿が造っていた〈猿猴の月〉のデータを見つけ、中国マフィアに売り込もうとしたんだよ」

「そうだったのか……」

「言わ猿は、この男を始末して、自分たちも死んだことにして姿を消した。ところが、この男はゴキブリみたいに、しぶとく生きていたってわけだ」

――そういうことだったのか。

この男が、勝村に語った過去は、半分は嘘だったわけだ。ふうっと息を吐いたところで、肝心なことを思い出した。

「あの……さっき、犬井さんの父親は、言わ猿だって……」

孫悟空のお面の男が、そう言っていた。

老人は、何も言わずに、ただ小さく笑みを浮かべた。もの凄く気になるが、それ以上、突っ込んではいけないような気がした。

「さて、用は済んだ。さっさとずらかろう」

山猫は、そう言って勝村の手錠を外すと、優雅に歩き出した。

細田がその後に続く。勝村は、みのりとサツキに手を貸してもらいながら、その場をあとにした。

一度、振り返ると、言わ猿が倒れている犬井を見下ろしていた。

その目は、優しさに満ちているようだった。

A sequel

後日談

1

「まったく。あんまり心配させないでよ」

さくらは、ため息を吐きながら言った。

病室のベッドに横たわる勝村は、「はあ」と気の抜けた返事をしながら、ポリポリと頭をかく。

袋叩《ふくろだた》きにあったらしく、身体中傷だらけだ。

青門会の連中に、捕まっていたと聞いたときには、さすがに驚きを隠せなかった。知らない間に、大変なことに巻き込まれていたようだ。

勝村の証言によると、下北沢で少女を助けたことで、彼らに拉致《らち》されることになってしまったらしい。

それも、山猫と勘違いされたためというから、笑えない話だ。

「それにしても、何で山猫は、勝村を助けに来たの?」

さくらは、じっと勝村を見つめながら訊《たず》ねた。

勝村は寸前のところで、山猫に助けられたらしいが、それがどうにも解せなかった。

山猫に、勝村を助ける理由はないはずだ。

「山猫は、ぼくを助けに来たわけじゃありませんよ」

「え？」

「彼らの金庫から、現金が消えていましたよね」

「何でそれを知ってるの？」

　さくらの質問に、勝村は小さく笑った。

「山猫の目的は、青門会の金庫の中身だったんです。ぼくは、偶々《たまたま》、そこに居合わせたに過ぎません」

　勝村が、苦笑いとともに言った。

　これまでの山猫の行動パターンを鑑《かんが》みれば、筋が通っているような気がする。だが——。

「前も、そんなことがあったわね」

「そうでしたっけ？」

「そうよ。最近、山猫のいるところに、いつも勝村がいるような気がするけど……」

　犬井は、勝村が山猫と仲間であると疑っている。そんなはずはない——と否定していたさくらだったが、ここまで偶然が重なると、さすがに無視できなくなってくる。

「正直に言います」

　勝村が、観念したように言った。

「何？」

　訊《き》き返しながら、さくらの心臓が高鳴った。

もし、勝村が山猫と仲間だと言い出したら、自分はどうするだろう？

答えが出る前に、勝村が口を開く。

「意識はしていませんが、今になって考えれば、狙っていたのかもしれません」

「狙う？」

「ぼくは、まだ山猫を捜しています。無意識のうちに、山猫がかかわりそうなトラブルに、首を突っ込んでいるのかもしれません」

そう言って、勝村が自嘲《じちょう》気味に笑った。

確かに、そういう一面はあるかもしれない。シンクロニシティというやつだ。妙な心配をしていた分、一気に気が抜けてしまった。

「そんなことしてたら、いつかは死ぬわよ」

さくらは、勝村の頭を小突いた。

「痛いですよ」

勝村が、頭を押さえながら、恨めしそうな視線を投げかけてくる。

なかなか、かわいい表情だ。

「痛い思いをしたくなかったら、余計なことに首を突っ込むのは、止めなさい」

「以後、気をつけます」

何とも、説得力に欠ける返事だ。

文句を言ってやろうかと思ったが、勝村がそれを制した。

「それはそうと、事件はどうなったんですか？」

勝村に訊ねられ、さくらは一気に身体が重くなった。

今回の一件で、中国マフィアの青門会の幹部を含む、数多くの構成員を一度に逮捕することになったのだ。

彼らが行っていた犯罪が明るみに出るのと同時に、日本で活動していた彼らのシンジケートを丸ごと摘発する大規模な捜査になり、上を下への大騒ぎになっている。

工場で発見された死体に端を発した事件が、よもやマフィアの殲滅《せんめつ》につながるとは、想像だにしなかった。

さくらが、捜査の進捗《しんちょく》を話すと、勝村が小さく笑った。

「まんまと山猫に踊らされましたね」

勝村が言うように、今回の事件において、山猫が暗躍していたのは承知しているが、動いていたのは、何も彼だけではない。

「もう一人いるわよ」

「もう一人？」

「そう。猿と名乗った男——」

結局、あの老人は、バーに現れなかったし、その後の消息も不明のままだ。だが、あの老人とは、再び会うことになりそうな気がしている。

今度こそは、山猫ともども、絶対に逃がさない——さくらは、心の内でそう決意していた。

「ところで、犬井さんはどうなったんですか?」

勝村が問いかけてくる。

話によると、勝村は犬井と一緒に青門会の連中に監禁されていたという。その後、どうなったのか気になるのは当然だろう。

「もう、退院したわよ」

さくらが答えると、勝村は「え?」と驚きの表情を浮かべた。

そうなるのも当然だ。傷の度合いで言ったら、勝村より犬井の方が、はるかに重傷だった。

現に、医者からは止められた。だが、犬井は耳を貸さずに、さっさと退院していってしまった。

「犬井さんらしいですね」

勝村が、小さく笑った。

「そんな悠長に構えていていいの?」

「へ?」

「犬井さんは、あなたが今回の事件の黒幕だって思ってるみたいよ」

「止めてくださいよ」

勝村が、今にも泣き出しそうな顔で言った。

2

犬井は、東京拘置所の面会室に足を運んだ――。

身体の傷はまだ癒《い》えていない。本来なら、入院が必要な状態ではあるが、犬井は半ば強引に病院を抜け出してきた。

どうしても、牧野に会わなければならない。

しばらくして扉が開き、遮蔽板《しゃへい》を隔てた向こうの部屋に、牧野が姿を現した。

牧野は、ヘラヘラと緩い笑みを浮かべながら椅子に腰掛けた。

「ずいぶんと酷《ひど》いやられようですね」

牧野が、ずいっと身を乗り出し、遮蔽板に顔をつけるようにして言った。

自分の方が、優位であるとアピールしているのだろうが、その言動こそが、焦りの表れに他ならない。

「殺すんじゃなかったのか？」

犬井が挑発的に言う。

今回、牧野は言わ猿の情報を餌に、犬井を青門会の連中に拉致させた。後に、自分が殺す為だ。

しかし、牧野の思う通りにはならなかった。

「殺してしまったら、遊ぶ相手がいなくなりますからね」

牧野が、小さく首を振りながら笑ってみせる。

「いつまで、そうやって強がっていられるかな？」

「どういう意味です？」

「お前は計算違いをした」

「計算違い？」

「山猫だよ」

犬井が告げると、牧野は軽く舌打ちをし、「あのコソ泥が……」と吐き出した。

山猫の登場により、牧野の計画は頓挫《とんざ》することになった。それだけではない。牧野は以前、山猫に金庫の中身を空にされている。

忸怩《じくじ》たる思いがあるのだろう。

山猫を、ただのコソ泥だと嘲笑《あざわら》っているようでは、裏をかかれるのも、当然の結果だろう。

「お前は、以前、ここからでは手も足も出ないと言っていたな」

犬井は改まった口調で言う。

「まさにその通りじゃないですか。私は、拘置所の中にいながら、あなたをここまで痛めつけることができた。でも、あなたには、何もできない」

「残念だったな」

「何がです？」

「お前は、おれを本気で怒らせた」

「だったら、そこから吠《ほ》えていればいい。私には、指一本触れることはできません」

牧野が両手を広げて挑発してみせる。

余裕を見せているつもりかもしれないが、内心では焦っているはずだ。犬井には、それが手に取るように分かった。

「できるさ」

犬井は、呟《つぶや》くように言った。

「は？」

「おれは、塀の外から、お前を思う存分に、痛めつけることができる」

「バカなことを……」

「ヒントは、お前がくれたんだ」

「私が？」

牧野の表情から、余裕が消えた。

「お前が、頼りにしていた青門会の連中は、ほとんどが逮捕された」

「私が、取引しているのは、何も彼らだけではありません」

「だろうな。問題は、そこじゃない」

「では、何です？」

「おれも、お前を見習って、少しばかり情報を操作したんだよ」

「情報？」

「そう。青門会の連中に、お前が組織を潰《つぶ》す為に、警察に情報をリークしたと伝えてある。これが、どういう意味か分かるか？」

「貴様！」

牧野が吠えた。

どうやら、意味を察したようだ。

青門会の連中は、やがて東京拘置所に送られてくることになる。自分たちの組織を潰すきっかけを作ったのは、牧野であると思い込んだ状態で——だ。

おそらく、彼らは牧野を許さないだろう。

リンチ程度で済まされればいいが、最悪の場合、牧野は殺されることになるかもしれない。

「ふざけるな！　貴様のような奴に！」

牧野が、遮蔽板をガンガン叩きながら、叫びまくるが、そんなことをしたところで、犬井には何のダメージもない。

「生きていたら、また会おう——」

犬井は、そう告げて席を立った。そのまま、振り返ることなく面会室をあとにした。

拘置所を出た犬井は、煙草に火を点《つ》け、煙を吐き出しながら空を見上げた。

犬井が目を覚ましたのは、病院のベッドの上だった。

勝村の証言によると、犬井が気絶したあと、山猫が忽然《こつぜん》と現れ、青門会の連中を一網打尽にしたということだった。

あくまで、勝村は巻き込まれただけ——という体を成している。

だが、犬井はそれを信じるつもりは毛頭ない。勝村が、山猫と結託していたことは明白だ。証言の矛盾を突き、勝村を刑務所に送ることは簡単だが、犬井はそれをしなかった。

理由は簡単だ。

勝村は、山猫を捕らえる為の餌として、泳がせておく必要がある。

山猫の行動は読めなくても、勝村を追っていれば、山猫に出会《でくわ》すことができると、今回の事件が改めて証明してくれた。

——これから、忙しくなる。

犬井は、笑みを浮かべると、ゆっくり歩き出した。

3

みのりが悲鳴を聞いたのは、学校へ行く途中の路地だった——。

放っておけばいいのだが、みのりはそれができない性質だ。その結果として、この前も大変な事件に巻き込まれることになったのだ。

みのりは、小さくため息を吐きつつも、悲鳴の聞こえた路地を覗《のぞ》いた。

そこには知っている顔が並んでいた。

みのりのクラスメイトたちだ。彼女らは、一人の少女を取り囲んでいる。

「学校に来ないで欲しいんだけど」

「そうそう。あなたと同類だって思われるの、迷惑なんだよね」

「何よ。その反抗的な目は」

クラスメイトたちは、口々に憎しみの籠《こ》もった言葉を浴びせる。

名門女子高校の生徒が聞いて呆《あき》れる。陰湿で、品位の欠片《かけら》もない連中だ。

取り囲まれていた少女が顔を上げた。

みのりは、思わずはっとなる。

――うららだった。

うららの父親は、この前の事件がきっかけで、中国マフィアと深い関係があることが世間に知られることとなった。

これまで、人権派として歯に衣着《きぬ》せぬ物言いで、ワイドショーのコメンテーターなどとしても活躍していたが、一夜にしてそれは覆された。

メディアは、こぞって掌《てのひら》を返し、執拗《しつよう》にうららの父親を吊《つる》し上げている。

あまりの豹変《ひょうへん》ぶりに、見ていて寒気がする。それと同じことが、学校でも起きたということだろう。

これまで、虎の威を借りて、女王の如く振る舞っていた分、その反発も激しいといったところだ。

はっきり言って自業自得だ。

みのりは、その場から立ち去ろうとしたが、足が動かなかった。

うららと目が合ったのだ。

彼女は、涙とともに悔しさを目に滲《にじ》ませつつも、みのりの姿を認めると、「助けて」と懇願することなく、全てを諦《あきら》めたように目を伏せた。

これまでのうららの振る舞いを考えれば、助けてやる義理はない。だが、それでも――。

放っておけないのが、みのりの性質だ。

「ずいぶんと、陰険なことをしてるのね」

みのりは、ずいっと歩み寄りながら声をかけた。

そこにいた面々の視線が、一斉にみのりに向けられる。みな一様に、驚き、そして戸惑いを滲ませていた。

これまで、何を言われても無関心を決め込んでいたみのりが、こんな風に首を突っ込んでくるとは思わなかったのだろう。

正直、みのり自身驚いている。

「あなたには、関係ないでしょ」

女生徒の一人が、わずかに声を震わせながらも反論してきた。

「そうね。確かに関係ないわね。でも、放っておけないのよね」

「え？」

「私は、ヤクザの娘だから」

みのりが、キッパリと言うと、その場にいた全員が目を丸くした。

これまでのみのりは、父親のことに触れられるのを怖がっていた。だから、陰で何を言われようと、無視を決め込んできた。

だが、今回の事件でサツキに出会ったことで、考え方が変わった。サツキは、父親の仕事が何であろうと、それを気にしていなかった。

ただ、純粋に父親を尊敬し、マフィアに追われながらも、父親に託された〈猿猴《えんこう》の月〉を守るために奔走した。

みのりは、心のどこかで、父の職業を恥だと思っていたのかもしれない。

だから、クラスメイトに陰口を言われたくらいで塞《ふさ》ぎ込んだ。たとえ、理解されなくても、父を尊敬しているのなら、胸を張って前に歩いていれば良かったのだ。

だから——。

「何か、文句があるの？」

みのりが告げると、クラスメイトたちはお互いに顔を見合わせたあと、そそくさとその場を立ち去っていった。

ただ一人、うららだけが残された。

「な、何でよ……」

うららが絞り出すように言った。

「何が？」

「何で助けたりしたのよ。私が嫌いじゃないの？」

おそらく、彼女は混乱しているのだろう。これまで、クラスの女王だったのが、たった一晩でひっくり返ったのだ。

そればかりか、これまで苛《いじ》めていたはずのみのりに助けられたとあっては、自尊心の整理もつかないだろう。

「別に」

「え？」

「私、嫌いになるほど、あなたのこと知らないし」

みのりが言うと、うららはじりじりと後じさりしたあと、くるりと踵《きびす》を返して、一気に駆け出して行った。

おそらく、何と答えていいのか分からなかったのだろう。

それはみのりも同じだ。これ以上、うららと何を話していいのか分からない。だから、追いかけることはしなかった。

うららに恩を売ったつもりはないし、彼女と特別仲良くなりたいわけでもない。ただ、尊敬する父のように、真っ直ぐに生きたかっただけだ。

4

勝村が、バー〈STRAY　CAT〉の扉を開けると、珍しく客の姿があった——。

カウンターのスツールに腰掛ける、その背中に見覚えがある。

——言わ猿だ。

山猫は、酒棚に寄りかかるようにして、仏頂面で煙草を吹かしている。

「一緒にどうですか？」

言わ猿は、背中を向けたままぽつりと言う。

まさか、誘いを受けるとは思わなかった。勝村は、戸惑いながらも、言わ猿の隣に腰掛けた。

「あの……先日はどうも……」

何を話していいのか分からず、間の抜けたことを言う。

「いえいえ。こちらこそ、我々のせいで、大変なご迷惑をおかけしました」

言わ猿が静かに告げる。

何とも、落ち着いた雰囲気の人物だ。殺気をばら撒《ま》いている犬井とは、雲泥の差だ。

本当に親子なのかと、疑いたくなる。

「まったくだ。妙なことに巻き込みやがって」

山猫が、文句を言いながらも、メーカーズマークの入ったグラスを、勝村の前に置いた。

「ですから、こうして謝っているんです」

「謝って済むなら、警察はいらねぇよ」

「おや？　窃盗犯が警察を引き合いに出すようになっては、おしまいですよ」

「うるせぇ」

山猫が、煙草を灰皿で揉《も》み消しながら吐き捨てる。

「一つ、訊いていいですか？」

勝村は、二人の会話に割って入った。

少し、落ち着いたこともあり、事件後、どうしても気にかかっていたことを、訊ねてみたくなった。

「何でしょう？」

言わ猿が温和な笑みを浮かべる。

「サツキちゃんは、どうなったんですか？」

勝村の質問に、言わ猿は笑みを引っ込めた。

「残念ですが、詳しくお答えすることはできません」

「どうしてです？」

「〈猿猴の月〉は、彼女が持っています。それを狙う輩《やから》は後を絶ちません。ですから、彼女には、彼女ではない別の人間になってもらいました」

勝村は、驚きとともに、言わ猿の説明を聞いた。

三猿の連中が、自らを死んだことにしたのと同じように、何かしらの方法を使い、サツキの存在を消したということだろう。

アメリカが行っている、証人保護プログラムのようなものなのかもしれない。

ただ、勝村にはどうしても分からなかった。

「〈猿猴の月〉を、葬れば、サツキちゃんも追われる心配はないと思いますけど……」

勝村が告げると、言わ猿は苦笑いを浮かべた。

「それを拒否したのは、彼女自身なんです」

「どうして？」

勝村は、困惑した。

「分かりませんか？」

「はい」

「彼女にとって、〈猿猴の月〉は、父親の形見なんですよ」

「ああ……」

勝村は、納得の声を上げたものの、やはり釈然としない部分もあった。

身分を変えて暮らすことになってまで、形見が必要だったのだろうか？　いや、おそらくサツキには、それだけ大切なものだったということだろう。

それが、彼女の選択に他ならない。

「もう一つ、いいですか？」

勝村が訊ねると、言わ猿は首を左右に振って立ち上がった。

「質問は、一つまでですよ」

「でも……」

「また、いつかお会いすることもあるでしょう」

言わ猿は、そう告げると、カウンターの上に金を置いて、店を出て行ってしまった。

本当は、犬井とのことを訊きたかったのだが、それは叶《かな》わなかった。もしかしたら、言わ猿もそうだと分かったから、逃げるように立ち去ったのかもしれない。

「まったく。面倒な野郎だ」

言わ猿が出て行くなり、山猫がジャックダニエルを呷《あお》りながらぼやいた。

何だかんだ文句を言いながら、山猫が楽しんでいるように見えるのは、気のせいだろうか？

などと考えているうちに、一つの疑問が浮かび上がった。

「何で、〈猿猴の月〉を盗まなかったんだ？」

勝村は、真っ直ぐに山猫の目を見つめながら訊ねた。

〈猿猴の月〉を手に入れるチャンスはたくさんあった。あれが手に入れば、わざわざ金を盗むまでもない。造り出せばいいのだ。それなのに——である。

「お前は、何も分かっちゃいねぇ」

「え？」

「どんなに精巧に造ってあろうと、おれにとっちゃ、あれは偽札に過ぎない」

「完璧《かんぺき》な偽札は、本物と同じだろ」

〈猿猴の月〉は、完璧な紙幣製造のレシピだ。全く同じ材料、同じ方法で造られたものは、本物のはずだ。

「違うな。人の血と汗が滲んで、初めて金は金になるのさ——」

山猫は誇らしげに言うと、不敵な笑みを浮かべてみせた。色々と引っかかることはあるが、まあいい。そんなことより——。

次の質問をしようとしたところで、扉が開き客が入ってきた。

その顔を見て、勝村はぎょっとなった。

よりにもよって、今一番会いたくない人物——犬井だった。

犬井は、驚く勝村の隣に腰掛けると、煙草に火を点けた。

「犬井さん。どうしてここに？」

勝村は、緊張で硬くなりながらも訊ねる。

「ただ呑《の》みに来ただけだ。文句あるか？」

そう言って、犬井がギロリと睨《にら》んできた。

犬井は、ただ酒を呑むためだけにここに足を運んだわけではないだろう。

おそらく、事件のことを、あれこれ聞き出すつもりだ。

それを思うと気分が一気に重くなった。だが、山猫は勝村とは対照的に楽しそうに笑っている。

余裕の表れか、はたまた単なる阿呆《あほう》なのか、勝村には判断がつかなかった。

何にしても、長い夜になりそうだ――。

あとがき

『怪盗探偵山猫　月下の三猿』を読んで頂き、ありがとうございます——。


私が、初めて山猫の物語を書いたのは、二〇〇六年。今から十二年も前のことです。

そもそも、続編を書くつもりはありませんでした。それが、気付けば本作で五作品目。

思いがけず、長い付き合いになったような気がします。

ここまでシリーズ作品として継続することが出来たのは、偏《ひとえ》に応援して下さった皆様のお陰です。

この場を借りて、改めてお礼申し上げます。

本当に、ありがとうございます。


シリーズを通して山猫に振り回される雑誌記者、勝村英男には、実はモデルがいます。

私が会社員だったときに、同期だったTさんという方です。

仕事が忙しく終電を乗り過ごすと、社宅に住んでいるTさんの部屋に転がり込むというのが定番でした。

Tさんは、お人好《ひとよ》しで、好奇心旺盛《おうせい》なせいか、勝村に負けず劣らず不運な人でした。
しかし、それでも前に進む推進力を持っていた人です。
山猫を書いていると、深夜にTさんと語り合ったことを思い出すのです。

と——余談が長くなってしまいましたが、現在、山猫シリーズの最新作『怪盗探偵山猫　深紅の虎』が、「小説　野性時代」にて連載中です。
書籍としての刊行は、まだまだ先になると思いますが、山猫と合わせて勝村の活躍も楽しみにして頂ければと思います。

果たして、次はどんな物語になるのか？

待て！　しかして期待せよ！

平成三十年　秋

神　永　学

本書は二〇一六年九月に小社より刊行
された単行本を文庫化したものです。

怪《かい》盗《とう》探《たん》偵《てい》山《やま》猫《ねこ》
月下《げつか》の三猿《さんえん》

神永《かみなが》 学《まなぶ》

平成30年 10月25日　初版発行
令和7年 6月5日　5版発行

発行者●山下直久

発行●株式会社KADOKAWA
〒102-8177　東京都千代田区富士見2-13-3
電話　0570-002-301（ナビダイヤル）

角川文庫 21237

印刷所●株式会社KADOKAWA
製本所●株式会社KADOKAWA

表紙画●和田三造

ISBN 978-4-04-107014-7　C0193

JASRAC 出 1809952-505

角川文庫発刊に際して

角川源義

第二次世界大戦の敗北は、軍事力の敗北であった以上に、私たちの若い文化力の敗退であった。私たちの文化が戦争に対して如何に無力であり、単なるあだ花に過ぎなかったかを、私たちは身を以て体験し痛感した。西洋近代文化の摂取にとって、明治以後八十年の歳月は決して短かすぎたとは言えない。にもかかわらず、近代文化の伝統を確立し、自由な批判と柔軟な良識に富む文化層として自らを形成することに私たちは失敗して来た。そしてこれは、各層への文化の普及滲透を任務とする出版人の責任でもあった。

一九四五年以来、私たちは再び振出しに戻り、第一歩から踏み出すことを余儀なくされた。これは大きな不幸ではあるが、反面、これまでの混沌・未熟・歪曲の中にあった我が国の文化に秩序と確たる基礎を齎らすためには絶好の機会でもある。角川書店は、このような祖国の文化的危機にあたり、微力をも顧みず再建の礎石たるべき抱負と決意とをもって出発したが、ここに創立以来の念願を果すべく角川文庫を発刊する。これまで刊行されたあらゆる全集叢書文庫類の長所と短所とを検討し、古今東西の不朽の典籍を、良心的編集のもとに、廉価に、そして書架にふさわしい美本として、多くのひとびとに提供しようとする。しかし私たちは徒らに百科全書的な知識のジレッタントを作ることを目的とせず、あくまで祖国の文化に秩序と再建への道を示し、この文庫を角川書店の栄ある事業として、今後永久に継続発展せしめ、学芸と教養との殿堂として大成せんことを期したい。多くの読書子の愛情ある忠言と支持とによって、この希望と抱負とを完遂せしめられんことを願う。

一九四九年五月三日